贰阅 | 阅 爱 · 阅 美 好
ERYUE

让阅读走心
让阅历丰盛

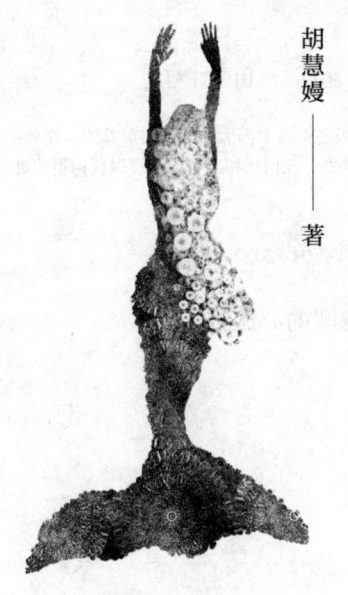

美人鱼去看心理医生

自我觉醒的心旅行

胡慧嫚 —— 著

国际文化出版公司
·北京·

图书在版编目（CIP）数据

美人鱼去看心理医生：自我觉醒的心旅行/胡慧嫚著．—北京：国际文化出版公司，2022.4
ISBN 978-7-5125-1371-6

Ⅰ．①美… Ⅱ．①胡… Ⅲ．①长篇小说—中国—当代 Ⅳ．①I247.5

中国版本图书馆CIP数据核字（2022）第019571号

本书由作者胡慧嫚授权国际文化出版公司在中国大陆地区出版其中文简体字平装本版本。该出版权受法律保护，未经书面同意，任何机构与个人不得以任何形式进行复制、转载。

北京市版权局著作权合同登记 图字01-2022-0529

美人鱼去看心理医生：自我觉醒的心旅行

作　　者	胡慧嫚
总 策 划	陈　宇
责任编辑	宋亚昍
特约编辑	范朝颖　商金龙
封面设计	新艺书文化
出版发行	国际文化出版公司
经　　销	全国新华书店
印　　刷	北京晨旭印刷厂
开　　本	880毫米×1230毫米　　32开 9.5印张　　　　　　　187千字
版　　次	2022年4月第1版 2022年4月第1次印刷
书　　号	ISBN 978-7-5125-1371-6
定　　价	56.00元

国际文化出版公司
北京朝阳区东土城路乙9号　　邮编：100013
总编室：（010）64271551　　传真：（010）64271578
销售热线：（010）64271187
传真：（010）64271187-800
E-mail：icpc@95777.sina.net

这本书

献给我的妈妈
送给我的女儿

谢谢你们让我明白
爱是两全

目录
CONTENTS

自序　一场微小却壮阔的旅行　　　　　　　　　　01

第一章
她丢失了自己

疲惫狠狠地撞在她心口　　　　　　　　　　003
一个个让她心乱的画面浮现　　　　　　　　006

第二章
初遇心理医生

安顿了让她崩溃的内在混乱　　　　　　　　015
开启心旅行　　　　　　　　　　　　　　　019

心底紧绷的弦啵的一声松开了	022
多了一份安心的感觉	030

第三章
看不到伤口的伤

她都知道，但是做不到	035
遇见未知的伤	040
看不到的伤口	043
柔韧的藤蔓紧紧捆缚住她的心	046
身体记得、头脑遗忘了的过往创伤	049

第四章
接触深埋的隐秘自我，和内心世界连接

心底好像有一片很厚重的暗影	055
自在、真实的自己存在吗？	059
痛苦让她醒过来，让她下定决心面对	062
画出不自知的深层自我	066

第五章
带着困惑继续心旅行

收听自己内心的声音	071
温柔地靠近自己	074
进退两难,出口在哪里?	079
她的心底有着一个怎样的世界?	083
梦,走在她的意识之前	092
她以前无力面对,现在能吗?	095
一种更深的懂得在她心中化开	100
疲惫的两面生活	104
用自己需要的方式好好照顾自己	107
我们既是陷入迷阵者,也是解谜者	110
我受伤了吗?它,是我吗?	113

第六章
寻找"我是谁"的冒险旅行

心旅行最重要的是用心体会	117
慢慢来,比较快	121
与真实且完整的自己相遇	126
我决定靠近我的愤怒	133

当情绪开始流动，生命也开始流动了   139
和内心的小女孩相遇   142
为什么你觉得自己不够好？   145

第七章
爱与伤

创伤是为了觉醒，这样才能走出蒙昧的舒适圈   151
为自己疗伤，走上完整自我的路   155
你承受不了的，值得好好疗愈   160
小大人心理位移的伤   164
小大人难以依赖的痛   168
太会照顾人的她觉得很累   172
在内心，她一直都把自己往死路上逼？   175
我也是丢掉自己声音的美人鱼   181

第八章
为什么我们受伤了，却还会笑看自己的伤

她宁可自己不被看见？   191
怎么面对一个既爱我又伤害我的人？   196

解开了长久以来的困惑   205

第九章
新生

她开始明白，这才是真实完整的自己   211
愿意说出我自己   215
我的心曾经这样死过   220
接受别人的付出   224
真正活出自己   227
成了一个更有力量的人   235
美人鱼，请你唱出自己的歌   238
从"一个人是孤单的"到"一个人是完整的"   242

第十章
遇见完整圆满的心世界

从死亡通往力量   247
探看死亡之旅   253
与谁的死亡相遇   257
她懂得了什么是永远   262

原来,死亡通往的是诞生	265
遇见完整新世界	269
找到自己安然的存在,也找到完整的力量	278
遇见了自己的美人鱼	281

自序
一场微小却壮阔的旅行

一个人的名字也许就是一个符号、标志，寓意着此生探寻的主题，也寓意着解开后与原本伏藏的智慧再次相遇。若真是如此，既是"会慢（慧嫚）"，又是"不会慢（胡慧嫚）"的我，注定在自身以及与我相遇的他者的生命里，一起开展、共振、相伴，从"两极对立"的拉扯、矛盾与痛苦的误解、偏失中摸索启程，逐步走向"两极整合"的自在、宁静、完整的圆满实相。

在这本书中，我想和你分享的就是这样一段心旅程。这不是一本关于心理咨询的学术专业类书籍，苏青与易晴的互动方式是小说化之后变形的咨询历程，文字里流淌着的是我爱的"人本主义心理学派""萨提亚成长模式""完形""荣格""叙事治疗学派"等带给我的滋养以及与我生命的共振、共鸣。这也不是一本文学意义上的小说创作作品，而是借由小说的形式以及苏青这个角色，糅入心理治疗中包括对话、空椅法、直观性绘画与自由书写等多样灵活的方式,陪伴女主角易晴展开一场以探索"内在两极"的冲突为起点,进而勇敢深入探索内心"暗影"的内在深层历程。

在书稿完成并进入出版编辑阶段后,我有机会和不同的人互动对话,我开始发现,或许我在这本书中所触及的两极主题,既有明说的,也有暗隐的。明说的是小说中通过女主角易晴的受困与探寻,渐次浮现的"自我—他人""亲密—疏离""温和—干练""暗影—光亮""死亡—诞生"——这些是许多人在生命中同样会面对的对立两难的问题。暗隐的则是我如何看待人、看待生命、看待价值与意义,这影响的既是一个作者讲述故事的出发点,也是一个作者定位镜头的选择点。

这世界鼓励也歌颂向外建构——向外追寻个人的意义与价值,于是向个人内在走意味着微小。这个世界也习惯猎奇——惊异与稀少才值得注目,于是平凡人的伤往往被看轻、忽略。但如同"为什么我们总在他人的故事里痛哭流涕,却在自己的故事里转身离去"这句话所带出的反思一样:也许看似软弱的,才是真正的勇敢;看似微小的,才是真正的壮阔!

我相信:伤,不需要被分级;痛苦,不需要被评比。我相信:真正的平等,是你相信无论落在光谱的哪一点(贫富、智愚、美丑、幸与不幸等),每个人都有幸福也有痛苦,都有力量也有伤害。我相信:每一个生命都值得被温柔注视与陪伴。

这些年来,在我自己以及一次次陪伴他人向内在自我出发、探索的心旅行里,我深深地感受到,我们被原生家庭深深困住的,感到最痛苦的，往往不是伤，而是混杂了爱与伤的两难。我们每一个人都值得在成年之后为自己指认出那些伤，然后开始明白，爱与伤不是对立的两极，并开始学习收下爱，同时也为自己疗伤。之后我们才可能真实地走向荣格英雄之旅的"魔术师"阶段——既为自己创造，也为他人创造——向内建构与向外建构同时完成，无二无别。一即一切，一切即一。一如我所见的，西方心理学与东方古老大智慧的相遇、连接。一如苏青其实非他者，苏青也是易晴的自性。

这本书讲的是一段微小却壮阔的内在旅程。就如同我一向偏爱长镜头叙事的电影，一切在专注与缓慢中推进。因为生命值得我们温柔贴近、深层注视，因为返身为自己走一趟心旅行，是勇敢，是珍贵，是力量，是我们为自己的真实加冕。真正的改变与转化，在心苏醒时发生。

让我们慢下来，成为一个"人"。

第一章

她丢失了自己

疲惫狠狠地撞在她心口

"嘀——"一阵急促、猛烈的喇叭声划破了入夜后霓虹灯闪烁的天空。

"你到底要走哪一边啊？搞什么！不会开车就不要开好吗！"

才被猛烈的喇叭声惊醒，尚未回魂的易晴立刻又被一连串的破口大骂直接轰炸。左方车内驾驶座上，一个男人满脸怒气地竖起中指，然后轰的一声踩足油门，扬长而去。

原本为了吹吹凉风而降下来的车窗，这下完全起不了隔离声音的作用。喇叭声与咒骂声的阵阵余音在耳际轰炸着。身后其他车子开始陆续绕过，流动成分岔的车流，继续往他们原定的方向而去，留下了另一种既文明又疏离的冷漠指责。无形却强劲。

回过神，易晴突然意识到，绿灯早就亮了，只有她突兀地停在这条通往市郊大道的红绿灯前。可是，她究竟该直走，还是右转？这条明明已经走了十几年的大道，此刻却让她如此混乱、茫然、动弹不得。

"你到底要走哪一边啊？"那个愤怒、竖中指的男人的大声咒骂与质问仿佛再度在她的耳边隆隆响起。她要走，她没有想要停留。绿灯亮了还停在原地不动，只会让她变成一个怪异的女人。那些坐在车里的、站在路边的人们投过来的眼神，她完全懂。只是她不知道，她究竟该往哪儿走——一条路笔直往前，通往她熟悉的家；另一条路向右转，通往这段时间不断召唤着她一个人出走的那座大山。

她该直走回家的。就像这十几年来一直做的重复选择一样：她总在两个端点——公司和家——之间规律且负责地移动。就像现在，她该从公司回家了。在那里，有等着她的志远和他们的心肝宝贝小蝴蝶。在那里，有她应该扮演的角色——太太、妈妈、媳妇、嫂嫂、弟妹……

工作和家，两端都是她的选择，都是她甜蜜的负担。是的，她爱她的工作，她爱和志远一起建立的这个家，爱她的小蝴蝶，但是为什么她又渴望不再重复下去了？为什么她心底有一股冲动：只想右转，只想一个人扬长而去，然后直奔山里？

她好想丢掉一切！

她好想一个人走掉！

她好想一个人走得远远的，把整个世界都丢掉！

她真的想！

这段时间，不知道为什么，无论是在办公室还是在家里，疲惫就像是一颗突然飞来的实心球，狠狠地撞在她心口。

那天加完班回到家之后，又哄了小蝴蝶上床睡觉，走出房门，看着客厅里为了她的迟归而臭着一张脸的志远，她心底的火就冒了上来。两人再度从试图沟通变成各说各话，变成相互指责和剧烈争吵。

她真的觉得好累，好累！

志远问她是不是外面有人了。

其实没有。

她承认这几年，她的确也曾心动过几回，但那都是一打上岸就碎掉的小浪花，从来不是让她晕头的迎面巨浪。

她只是觉得累。

她渴望一个人离开。

一个人……

一个个让她心乱的画面浮现

太阳沉入山后，成堆的灰黑色云朵低压、聚集。不知不觉中，整座山逐渐蒙上了深沉的墨色。没有月光的夜晚更显得漆黑静默，整座山褪去了白日里绿影婆娑的亲和与包容，展现出一股强大的力量。幽暗的夜色和山上的草木融为一体，仿佛更多的秘密与真相都在黑暗中悄悄吐露。

一辆车停在山路旁。一侧是夜里暗郁孤单的挺拔山影，另一侧，仿佛对比一般，闪烁着山下绵延无尽的万家灯火。

"妈妈，那你今天不陪我写作业了吗？万一我遇到不会的，怎么办呢？"小蝴蝶单纯稚嫩的声音听来格外让人心软。

"别担心，妈妈会赶快把工作做完，不会太晚回家的。如果作业不会写，等爸爸回家，让他教你，好吗？你先在奶奶家乖乖吃饭哟。"

挂了电话，易晴打开车窗，山上的凉风开始吹进车内，随着呼吸，慢慢地进入她原本紧塞的胸口。

一个个让她心乱的画面，开始慢慢地在她脑海里浮现……

下班后的夜晚，最近网络上正火的意大利餐厅里座无虚席。亚玲、怡君和易晴开心地吃着、聊着、笑着，就好像回到了大学时那段青春无忧的时光。

"好久没有这么放松开怀地大笑过了！"站在卫生间的镜子前，看着镜中脸颊酡红的自己，还有那个还没收住的大大笑容，易晴突然有一种久违的感觉。走入家庭之后，她不是不快乐，只是，突然很想念这个很轻松、不需要照顾别人的自己。随后，她像是想要甩掉什么似的用力甩了甩头，说："哎，干吗想这么多！人生本来就是有不同的阶段嘛！好好享受今晚这样难得的'放假'就好啦！"易晴立马换上好心情，快速补好口红，快步往座位走去。还没走近，老远看到亚玲和怡君并肩低头交谈的身影，她一时间顽皮心起，走到她们身后想恶作剧……

不料，亚玲的声音飘进了她的耳朵里："原来你也有这种感觉啊！其实在大学的时候我就觉得，易晴虽然看起来很容易亲近，可是又总有一种距离感。好像人在心不在，不然就是会突然消失，一阵子之后才会没事一样地出现。"

易晴顿时缩回了原本想从背后捉弄两人的双手。

"是啊！"怡君搅动着杯中紫红色的覆盆子冰沙，"我有时候觉得，好像易晴的背后有一道门，如果你真的靠太近，她随时都可能转身打开门走掉。我常常想,她其实是不是并不想跟我们靠太近。"

原本挂在脸上的微笑开始不自觉地僵硬起来,易晴忍不住倒退几步,想把自己藏起来。

"小姐,你还好吗?"在餐厅中穿梭而过的服务生关心地问。"没事,我没事。"易晴立刻回神,堆起笑容,假装没事地应答,然后快步走回亚玲和怡君的桌前,重新入座。

"哇!你们都快把甜点吃光了!不管,我要再点一个,今天真是太开心了!我一定要好好地放纵一下,减肥就留到明天再说吧!"

三个女人的笑闹声再度融进了这热闹的夜……

周五下班前,总经理把她叫到独立办公室。

"易晴,你进公司也已经三年了,这些年我一直在观察你。我发现你很负责,无论给你什么工作,你都会承担下来。有时候主管的脾气暴躁,你可以忍住委屈,以大局为重;同事出状况的时候,你也会不顾辛苦,愿意立刻补位把事情完成。

"虽然你平常看起来很温和,但是几次遇到紧急的大案子,你却展现出令我印象深刻的精准与胆识。这些,都是我很欣赏你的地方。

"最近有一个很好的升迁机会,我第一个就想到了你!只是,它需要先经历一年的外派历练。我知道你有家庭,有小孩,也许你会有更多的考量，但我希望你能回去好好思考一下。下星期告诉我你的决定。"

今天下班前，她躲在楼梯间，和志远在电话中为了加班的事情争执，他最后冷冷丢过来一句质问："你到底是要有我和孩子的这个家，还是你其实想要的是你自己一个人的生活？"

志远的这句话像是点燃了炸弹的引线，易晴瞬间就炸开了！

"一个人？你凭什么责备我想要一个人的生活？这些年来我付出的还不够吗？难道我不是一直在配合你、配合孩子、配合这个家吗？

"为了你们，艾莉找我出国旅游的时候，我放弃了，即使那是我从年轻时就非常渴望去的地方！为了你们，我放弃了跟同事下班去聚会，即使我也很想跟她们放松地吃吃喝喝！为了你们，我甚至放弃了总经理特别给我的外派机会！

"然后现在你还怪我想要一个人生活？

"我跟你说，我真的受够了！从头到尾你就是个自私的家伙！我付出再多，你也看不到！我付出再多，你也不会珍惜！是我自己傻，是我自己笨，是我自己放弃了这些！

"都是我自己的错！我根本就不应该为了你们放弃我自己！"

志远的声音传出浓浓的困惑："什么时候艾莉找你出国？什么时候你们总经理让你外派？你从来没跟我提过啊……"

"对！我没提！因为我知道，你一定希望我能够想到你们！

我知道，你一定希望我能主动拒绝！因为我知道，如果我去了，你会很辛苦，小蝴蝶会很伤心！因为我知道，我不应该这么做！这一切我都知道，所以我才没跟你说！

"可是，我体贴你们，做了那么多，结果呢？结果现在还是被你说我自私，说我只顾自己！告诉你，我真的受够了！"

没等志远反应，易晴挂了电话，用力抹掉脸上的泪……

一个个画面就这样在易晴的脑海里快速闪过。惊讶、委屈、伤心、失落、愤怒……种种情绪也一阵阵涌上心头。她深吸了一口气，打开车门，按下遥控锁，径自走向小径尽头的咖啡屋。

"也许志远和怡君说得没错，在我心里，一直有另一个我，那个我其实一点都不想跟人靠近！或者……其实，我根本就不想结婚！其实，我根本就不应该结婚！其实，我根本就应该离大家远一点！其实，我根本就只想要自己一个人！"

这些从心底涌上来的话，让易晴既感到惊吓，又同时感到一种释放！是的，在她的心里，其实有另一个她，一直都很渴望"自己一个人"。

她想起年轻时在纽约旅居，总是有个像完美哥哥一样温暖、善良、乐于照顾人的良骏学长。良骏学长因为怕她人生地不熟，所以每天都热心地带她四处逛。起初她也温和且心存感激地接受他的善意，跟着他去一个又一个"来纽约一定要去的景点"：自由女神像、时代广场、华尔街铜牛……她一直不忍心跟良骏说:"我不想去这些地方,我只想随性走、随性逛。"

但是十几天后,她还是忍不住在纽约街头跟良骏大吼:"Please leave me alone!(请让我一个人待会儿!)麻烦你不要再每天都陪着我、跟着我了!可不可以让我一个人!"她记得这句话冲出口的当下良骏愕然且受伤的眼神,她也记得自己心底立刻浮上来的深深懊悔与自责:我怎么可以这样呢?良骏明明是善意的,明明是牺牲了他的工作和时间来陪我、照顾我。我怎么可以不领情呢?我怎么可以不感激呢?我怎么反而生气,反而责怪他呢?

轻轻叹了一口气,尽管经过了那么多年,自责、内疚感的滋味仍然如此苦涩。易晴端起桌上那杯爱尔兰咖啡,轻啜了一口,混合了咖啡和酒的复杂味道立刻在她的喉间蔓延开来。

"可是,我真的就是想要一个人独处吗?"当这个问句从心底浮现,易晴不禁又苦笑了起来。

"唉……"静寂的夜晚,她不自觉长叹而出的这口气,竟显得如此清晰。

是啊!如果真是这样也就简单了。麻烦的是,这个想要一个人独处的她,也不是全部的她呀,还有很想跟人融洽、亲近的她,很希望能带给别人温暖和快乐的她。这些,也真的都是她啊!

数不清多少时候,她是那么渴望和人靠近,于是努力地和别人融合在一起,一起玩,一起说话。可是过了一段时间之后,她又会觉得很累,很想离开,于是又会躲开人群,回到自己一个人的状态。过不了太久,这样的她又会觉得自己很孤单、很可怜、很寂寞,于是又开始努力跑向他人。

她看着这间咖啡屋里有人独坐,有人成双。而她呢?她究竟要什么?曾经,她以为自己已经结束这种在两个端点之间来回地困惑与拉扯了。她有朋友、有闺密了,不是吗?她进入婚姻了,不是吗?为什么绕了这么大一圈之后,她还是在两个端点之间,不断疲惫地折返跑?

一个个问号在她脑中盘旋成一团越来越巨大的黑云。她用力地甩了甩头,像是想要躲开从心底浮上来的这股困惑和拉扯的力量。她起身结了账,推开咖啡屋的大门走了出去。

屋外夜色深沉。刚下过一场雨,空气里还有满满的潮湿感。打开车门,重新坐回驾驶座,她只觉得好累。她感觉自己就像是童话中穿上魔法红舞鞋的女孩,始终渴望安稳停歇,却始终难以弃绝另一端的召唤。

他人—自己、亲密—疏离,两个端点,遥遥相对。到底,她该去哪一端?到底,哪一端才是她的归属?两难的拉扯就像荡秋千,在她心里越荡越高,越荡越高。

无穷的疲惫涌上心头,她感觉自己再也撑不住了,胸口闷得就像要炸掉一样。她垂下头靠着方向盘,终于忍不住放声大哭了起来……

第二章

初遇心理医生

第二章

孤岛小屋疑云

安顿了让她崩溃的内在混乱

好闺密艾莉给了她苏青的联系方式之后,易晴来到了这间山中小屋。原本热烫烫的盛夏骄阳仿佛被满山的绿意驯服了,即使仍是一片灿烂金光,原本张牙舞爪的温度却明显收敛,降低了几度。拂面的干净山风更让难耐的酷暑多了几分让人喘息的温柔。

这段时间还好有苏青,某种程度上安顿了几乎让她崩溃的内在混乱。第一次见到苏青那天,易晴一开始还尝试用稳妥、合宜的寒暄方式跟苏青说话。可是后来,就像艾莉跟她说的:"苏青有一种奇妙的魔力,会让你忍不住说出心底的话。"

苏青看着眼前的易晴缓缓地叙说着自己,她的声音轻柔温和,但是从她不断交错的双手中,苏青觉察到了在那看似平静安好的面容下,藏着不安与混乱。她是怎么长大的?她为什么不能允许自己混乱慌张?她为什么需要如此安稳自己?她需要承担什么？苏青不禁在心底好奇。

果真如艾莉所说，不久之后，易晴就开始不由自主地吐露这段时间真实的自己：越来越严重的失眠让她身心俱疲，每天撑着疲惫的身体，打起精神面对工作和生活，可是她的耐心似乎越来越少了——在公司的时候，面对老是唠叨的老板，她得花好大的力气才能压住想要起身摔门而出的冲动；回到家里，面对志远也就算了，但她忍不住用不耐烦的语气回应小蝴蝶的次数越来越多。

她讨厌也责怪这样的自己。但深深的自责似乎让一切进入负向循环，不只是心情，连身体也拉响了警报。一再复发的扁桃体发炎让她喉咙肿痛得说不出话来，频繁的胸闷更是让她不时停下来深呼吸，或是起身到公司茶水间旁的小阳台喘口气。

"而且，最近我的幽闭恐惧症越来越严重了。"低下头，易晴轻声地说，"我开始害怕待在密闭的电梯里，也怕太拥挤的车厢，因为我不知道自己什么时候会突然喘不过气来。"

"你担心自己的这些外在症状——行为的、身体健康的，但是孩子，你知道吗，有时候我们会把内在的冲突转化为对外在的恐惧或者身体的各种症状。因为这样我们就不用面对内在的冲突和焦虑了。"停顿了一下，苏青接住了易晴望过来的惊讶又疑惑的眼神，接着说，"其实身体的症状往往是自我发出的警报，它是在跟我们说：'事情不能再这样下去了。'"

"我真的不明白，为什么我会变得这么混乱，这么容易失控。"易晴的语气从不安转成了烦躁,"为什么我不能像以前一样,安安稳稳地过日子?"

苏青没有被她的混乱影响,她声音很轻,但同时带着一股稳定的力量:"我更关心的是,你把日子过成什么样了,让你非得失控不可;我更关心的是,如果不失控,你会怎么样。"

易晴微微愣住,随着苏青的探问,她开始停顿、思索、感受。眼泪开始慢慢地在她的眼眶里如雾般地轻轻泛起,她说:"我——会撑不住,会崩溃……"

"所以,也许我们该谈谈的,不是你的失控,而是那个长久以来,让你撑了那么久、那么久,如果再继续下去就会让你崩溃的生活。

"孩子,对于失控,我们都感到害怕;对于混乱,我们都渴望赶快摆脱。但是亲爱的,别怕失控与混乱。其实,它们是让我们不至于崩溃的引路天使,引领我们开启一场关于改变以及全新创造的心旅行。

"来,心情乱的时候,就出去散散步吧!最近有一个心理学研究证实,散步三十分钟能够带给身心等同镇静剂的功效!走吧,别再待着了,我们出去散散步!"手上拿起两顶宽边遮阳草帽,苏青站起来对易晴说。

原本还陷在自己思绪中的易晴被这个声音拉了回来。抬起头,看着眼前的苏青,她穿着一身宽松的淡灰绿色亚麻长衫,像一座秀丽的山一样,散发着怡然又安定的力量感。一股脑地站起来,易晴才接过苏青递过来的草帽,大黄狗波波早已开心地冲到前方。

出发了!

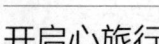

开启心旅行

一起在山路上散步,听了易晴诉说更多关于生活中的烦恼、冲突和困惑之后,苏青开口说道:"听起来,你跟人互动有一个模式——你'都知道'别人怎么想、'都知道'别人怎么期待,所以常常主动给出你觉得别人要的,然后放弃自己的需要或渴望。"

"嗯,这是我的模式吗?我没有想过。但好像是这样没错。"

"而且,通常最后是用'再也受不了的大爆炸'收尾?"

刷的一下,易晴脸红了。

"不用不好意思啊,其实我们很多人都是用这样的方式在给出爱。"苏青一弯腰,采了一朵粉紫红色的酢浆草花递给易晴,"你说你总是'努力地'和他人靠近,但是你不知道的是,正是这个'努力'让你感觉辛苦。于是你不自觉地渴望离开他人,因为当你是自己一个人的时候,你就不用照顾别人了。所以,想和别人亲密的是你,想和别人疏离的也是你。"

像是内心突然被什么打中了,易晴停住了脚步。过了一会儿,她才匆匆地往前走,赶上苏青。

"天啊!我怎么像是一个矛盾的综合体?"焦虑和烦躁全部挤进易晴皱紧的眉头里,"我总是搞不定我自己,也总是让身边的人搞不懂我。"易晴边说,边一脚把路上的小石子踢得老远。

苏青看起来一点都不担忧,甚至还面带微笑:"其实很多人跟你一样,都为自己内在的矛盾和对立而心苦。"

"真的吗?我一直以为只有我这么难搞!"

"别担心,你并不孤单啊,我陪伴过太多的人,他们和你一样,在看似平顺甚至幸福的过往生命里,其实都存在着许许多多自己不曾看清的纠结和混乱。就像是一个个未解的谜团,让你们在心里存在着疲惫和两难。或者,也像是一个个还没有被搬开的大石头,挡住了你们和真实的自己以及他人之间的连接。甚至……"苏青俏皮地眨了眨眼,"我要恭喜你!因为现在你的混乱正在跟你说:'来吧,该上路了!属于你的心旅行时刻到了!'"

"心旅行?你是说,就像艾莉走过的心旅行?她说你带她走了一趟好长好美的心旅行。"

"是,也不是。因为每一个人的心旅行都是独特而奇妙的。这次属于你的心旅行,也许我们可以一起去看一看,那些让你矛盾、拉扯的处于对立两极的性格,究竟是什么时候在你的生命中形成的，究竟你的生命里曾经发生过哪些事情，让你对这些两极有了选择也有了丢弃。这样吧，如果你有兴趣，下周上山来找我，也许我们可以试试让你对立的两极性格，比如你的'亲密和孤独'相遇、对话。"苏青微笑着邀请。

"让我的两极性格相遇、对话？听起来好像很有趣但又很玄。但是，到底要怎么对话呢？"

"别急，就带着好奇来吧，你的心会体验到所有的一切。今天回去之后，你先为自己的两极对立性格各想一个合适的比喻，可以是动物、植物、颜色，任何你觉得适合、贴切的都可以。下次见面，我们就一起启程上路吧！"

看着苏青豁达又温暖的笑容，易晴心中原本不断冒出的一个个问号泡泡开始渐渐消失，困惑和焦虑逐渐退场，换上的是越来越多的好奇泡泡。

"这到底会是一段什么样的旅程呢？"易晴不由得期待了起来。

心底紧绷的弦啵的一声松开了

在一片参天的绿色大树下,阳光被挡在一层又一层密密的树叶之外,只剩下金色的光点跳跃在蜿蜒清澈的小水道上,让小水道显得波光粼粼。

"苏青说得没错,这真是安定身心最棒的秘密基地。"易晴享用着苏青准备的三明治,配上冰凉的甘菊茶,耳畔不时传来潺潺的水流与婉转鸟鸣的清新合奏,她逐渐感觉自己的身体和心一点一点地放松了。

"上次提到,替你的两种对立性格各想一个比喻,你想到了吗?"苏青问。

"想到了!本来一开始觉得好难啊,后来不知道为什么,脑海里就跑出来绵羊和猎豹这两种动物。后来想想,好像真的很符合我常常感觉到的两种矛盾对立的性格。比如说绵羊喜欢群居,猎豹喜欢独来独往;绵羊善良温和,猎豹精准冷静。"

"嗯,的确是两个很清楚的意象,那现在,你准备好和它们相遇了吗?"苏青脸上挂着一抹安然的微笑,既是邀请也是等待。

尽管心中对这未知的旅程感到些许疑惑和不安,易晴还是勇敢地点了点头。

苏青给出了指令:"现在,看看四周,去找两样东西,分别来代表你的绵羊和猎豹。不过请记住,这是一个游戏,不是一场考试,因此也就没有对错好坏,没有标准答案,不需要用大脑思考,就只让直觉带领你就好。"

"是游戏,不是考试。"苏青的这句话让易晴心底紧绷的弦啵的一声松开了。

"是呀,我干吗这么认真,就是个游戏嘛!"这样一想,易晴开始像个孩子一样,将好奇的视线投向四周,开始寻找起来。

绿色大树环绕着一张小巧石桌,石桌四边各有一墩石凳,阳光透过树叶,散成千点浓淡绿光。只见苏青安适地坐在其中一墩石凳上,微仰着头,闭眼享受鸟鸣与清风。

"好了,好了,我找到了!"易晴在不远处一边高喊着,一边扬扬手上的东西向苏青走过来。苏青睁开眼,带着好奇的笑意迎接易晴。

"来,现在你是'主人'。"苏青引领易晴站在一墩石凳前,接着指着左右两边的石凳对易晴说,"这两个位子分别是你的绵羊和猎豹的。你可以把代表它们的象征物放在上面。"

一朵白色鸡蛋花被放在左边，一条原本系在易晴颈间的豹纹丝巾被放在右边。

"现在，我要邀请你代表它们，分别和我对话，你想先从哪边开始？"苏青问。

"嗯，那先从善良的绵羊开始好了。"易晴带着好奇又困惑的心情，依着苏青的引领，把鸡蛋花拿在手上，在左边的石凳上坐了下来。

"跟我介绍一下你自己？你是易晴的……"

"呃……我是易晴的善良的绵羊。"

"绵羊你好，可以多说一些你自己，让我认识你吗？"

"嗯，我就像这朵白色鸡蛋花一样，很单纯、很善良、很温和。而且啊，你注意到这朵花的花心是黄色的吗？我就像它一样，心是很温暖的！"

"通常你都是自己一个人吗？"

"不是啊！我不是只有自己，我们是一群绵羊，我们群居在一起。你看我的绵羊朋友们就在旁边，在温驯地吃草。"

"你觉得你的主人易晴喜欢你吗？"

"当然啦，她非常喜欢我！她常常摸我的头，跟我说我很乖、很棒。我也常常出来陪易晴。"

"你呢？你也喜欢她吗？"

"嗯嗯！易晴是我最喜欢的人了！我愿意为她做所有的事情，我希望她快乐！因为她是我最好最好的主人！"

"是吗？那你都怎么帮她呢？"

"很多啊！我帮她注意别人有什么需要，我帮她和人靠近，我帮她被人喜欢。你知道吗？有了我的陪伴，易晴总是可以得到很多称赞和喜欢。这些会让她觉得很安全、很开心。而且啊，每一年时间到的时候，我就会让主人把我雪白又温暖的羊毛剃下来，剃下的羊毛可以做成衣服、围巾、手套等各种摸起来细软舒服的衣物，让易晴拿去送给很多人。"

"哦？为什么需要把羊毛给别人？"

"咦，我从来没有想过这个问题，这样做很奇怪吗？把自己洁白柔软的羊毛给别人，不是天经地义的事情吗？我们绵羊不都是这样的吗？它们都是这样的啊！"

"它们是谁？"

"嗯，就像我妈妈啊，我妈妈也是这样的呀！"

"把自己的羊毛剃下来给别人，你不会伤心或者生气吗？"

"生气？你在说什么啊？你好奇怪！能把羊毛给别人不是一件很棒的事情吗？而且，反正我的羊毛剃掉了，过一段时间又会长出来了呀！所以我不会生气，也不会伤心！"

"你觉得你的主人易晴也喜欢这样吗？"

"嗯，我觉得我的主人易晴也是这么想的，所以她才会这么喜欢我。她一直觉得我很懂她，她也喜欢我的陪伴。我喜欢这种被喜欢的感觉。"

"你从刚才到现在好像都是很开心的样子，我有点好奇，有没有什么事会让你伤心呢?"

"嗯,其实都还好。可是,如果真要说,嗯,就是,你知道,有一种人啊,拿我们的羊毛拿得理直气壮、理所当然,遇到这种人,我会觉得很伤心,也会有点生气。"

"为什么呢?"

"因为,其实剃毛也会痛,不是完全没有感觉。虽然不是剧痛,但是我全身皮肤都是会刺痛的!"

"你这么说的时候,你的眼里好像有一点眼泪?"

"嗯,没有啦。"

"你为什么立刻擦掉眼泪呢?"

"因为我不想让易晴担心。"

"为了不让易晴担心,你会……"

"我会把伤心藏起来。"

"你知道对面的那只精准猎豹吗?"

"我知道它,我也知道我的主人易晴不喜欢它,所以老是把它关在笼子里。我觉得它很可怜,可是没办法,易晴担心它会伤害别人。所以总是我出去陪易晴。"

"现在,我们一起来听听猎豹会说些什么,好吗?"

"好,它很可怜,一直被易晴关在笼子里,你能去帮帮它就太好了。"

苏青请易晴坐到右边的石凳上,同样让她把放在石凳上的东西——豹纹丝巾——放在手上。

　　随着苏青温柔声音的引领,易晴的猎豹开始说话。

　　"我是易晴的精准的猎豹。我一直被易晴关在笼子里,她很少让我出去。

　　"为什么?因为她不喜欢我。她觉得我会伤人,她觉得我的爪子太锐利,她觉得我的速度太快,她觉得我太喜欢独处、不合群。

　　"总之,她不喜欢我的一切。

　　"你问我的感觉?我当然觉得很闷、很不快乐,也很……很伤心。

　　"我被关多久了?

　　"很久很久了!

　　"我曾经伤过人吗?

　　"其实也没有,但我吓到她了。

　　"她小学的时候我还出来过,那时候我一起跑就跑得飞快。她其实很开心,她喜欢那种速度感,喜欢风从她身边呼啸而过的感觉,喜欢那种向着目标直冲而去的过瘾的感觉。可是后来,她发现她身边很空旷,她往后看,才发现大家怎么都落后她那么多!

　　"她真的吓到了。

　　"她太善良了,她不想伤害别人,可是她发现,就算她不攻击别人,她光是一跑,就比别人快那么多这件事,就会伤害到别人。

"我知道，那时候的易晴其实一点都不开心，她很伤心，她不喜欢别人因为她受伤。

"你问我，有什么话想跟易晴说吗？

"嗯……我想跟她说，我可以带她像飞一样地奔跑，她明明也喜欢这样的速度。

"我想跟她说，请不要一直把我关在笼子里，我不会伤害别人，因为……因为我是她的精准的猎豹，我是她的有着绵羊心的猎豹（哽咽）。"

在苏青的引领与提问下，这些话一一从口中说出，惊奇的表情出现在易晴的脸上。

"这些话很触动你？"苏青问。

"嗯嗯，我没有想到它被我关起来那么久了！我也没有想到它这么爱我，这么了解我，这么想帮我！"

"我看到你的眼眶红了，好像还没说完？"

易晴哽咽地说："我没有想到，它是一只有着绵羊心的猎豹！"

"这个新的看见，对你有什么影响？"

"我觉得我对自己的猎豹感到有点愧疚，觉得对不起它，原来长久以来，我都误解它了！"抬起头，望着苏青双眼里透出的慈爱和温暖，易晴忍不住又哭又笑地说，"原来，我拥有的是这么特别的一只猎豹啊！"

回程的路上,易晴不由得从心底发出轻叹:"绵羊和猎豹……今天的历程真的好奇妙!是啊!就像这山上的午后雷阵雨,一阵骄阳,一阵雷雨。这既是大自然的奥妙,也是我们的人生。"

易晴看着望向远方一片雨后清透绿意的苏青,那干净的绿意仿佛倒映入苏青的瞳孔,漾起了温柔的光亮。"但愿有一天,我的眼神里也能有这片温柔的光亮。"易晴在心中暗暗地对自己说。

多了一份安心的感觉

回到苏青的山中小屋时,夜色已经笼罩了下来,像是有一层网纱阻隔了一整天的喧嚣与闷热。

"那天你说有很多人跟我一样,为内在两极的矛盾和对立而心苦。你也是吗?你也像我今天一样经历过这样的两极吗?你为自己找到的两极象征又是什么呢?"经历一天奇妙历程的易晴忍不住满心好奇地向苏青提出一连串问题。

"它们是听得懂人话的小鹿和金色翅膀老鹰。"

"听得懂人话的小鹿?金色翅膀老鹰?哇,都是好特别的动物!你一定很喜欢它们吧?"易晴惊叹道。

苏青摇摇头,苦笑着说:"其实跟你有点像,原本我也很讨厌我的金色翅膀老鹰,它也被我关起来很久很久。我还记得,那次在两极整合工作坊,最后老师让我披上我所选的老鹰象征物——一条淡金色丝巾,要我以金色翅膀老鹰的身份走向大家。"

苏青的眼神带着朦胧，像是坠入了回忆之中……

年轻的苏青肩上披了一条淡金色丝巾，远远退到空间的一端，面对前方在地板上坐成半圆形的伙伴们，她的表情看起来迟疑又胆怯。

"你想走向他们吗？"老师问。

"想，可是我的脚动不了……"

"你在担心什么吗？"

"我很怕，我怕伤到他们。"

"那你跟他们核对啊！问问他们会不会被你伤害。"

迟疑了好一会儿，年轻的苏青才怯怯地开口："如果我靠近你们，你们会受伤吗？"

"不会呀，有些金色很刺眼，但是你的金色很温暖、很舒服，反而让我很想靠近。"一个脸上笑起来有浅浅酒窝的女孩温柔地说。

年轻的苏青眼里闪过一丝讶异，脸部肌肉微微放松了一些。

接着，另一个留着利落短发、戴着眼镜的伙伴冷酷地开口了："不会，而且如果真的太亮，我会自己戴上太阳眼镜！"

更大的讶异清楚地写在年轻苏青的脸上，她随后做了一个长长的深呼吸，新鲜的氧气进入她的身体。她的眼睛发亮，整个人放松了下来……

静静听完这段故事，易晴看着眼前的苏青，苏青的脸上似乎仍然变换着当时的表情——讶异、放松，以及随之而来的喜悦，就像湖面上慢慢漾开的美丽涟漪，一圈又一圈，安静而动人……

"原来，我现在走的路，苏青也走过啊！"原本对于才起步的整合之旅感到有点慌张不安的易晴，此刻看着苏青宛如前行者的身影，心底突然多了一份安心的感觉。

易晴脑海中浮现出刚刚回程时在车上的那一幕："恭喜你，开始走上两极整合的心旅行了。虽然只是起步，但是今天我们一起看见的内心风景是如此珍贵、美丽！欢迎你为了自己继续心旅行，持续看见更多的心风景。"衬着车窗外斜照进来的夕阳余晖，苏青话里的暖意和脸上的笑容，一起在易晴心里印成了一幅难忘的美丽画卷……

第三章

看不到伤口的伤

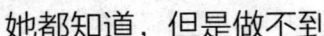

她都知道,但是做不到

自从那回在山上和自己的内在两极相遇之后,易晴的生活依旧如常进行,温暖的绵羊和精准的猎豹也继续存在于她的心里。不过她开始渐渐发现自己有了一些不同:对自己多了一份觉察,感受到自己的感受,探问自己的期待,厘清自己的想法,并且在这样的过程中,她会不时好奇地问自己"这是绵羊我,还是猎豹我"。她也和苏青定期见面,探索自己到底是想要一个人,还是想要跟人亲密、靠近。

这一天,她又来到这幢位于市区小巷公园旁的公寓,如同以往按了门铃,门开之后,易晴就跟着苏青走进这个小巧雅致的空间。

她一直没跟苏青说,那一小段跟随着苏青的短短路程,总是令她觉得有趣,觉得享受,觉得愉快。原因是苏青的慢悠悠——慢悠悠的步伐、慢悠悠走动时手臂的轻轻晃动以及慢慢绽放的笑容，那是一种缓慢里的自在，一种不被这世界督促影响，也不急于说明或者证明什么的安然。

这一天对话结束前，易晴忍不住开口跟苏青说："不知道为什么，我很喜欢你身上慢悠悠的特质，真希望有一天我也能这样。"

"有没有可能，你一直看不见可以缓慢的自己，是因为你总是处在一种内在的忙乱里？忙乱于在内心对立的两极之间来回奔跑，在哪一端都无法安在？"

"忙乱地来回奔跑……在哪一端都无法安在……"像是在消化苏青的话语似的，易晴喃喃地重复这两句话。

没有想要再做进一步地说服或解释，苏青把咀嚼沉淀的时间留给易晴。苏青安然地起身，走到木质大书柜前，抽出一本厚重的摄影诗集，开始翻找。

"找到了！我一直很喜欢玛丽·奥利弗（Mary Oliver）的这首诗！"苏青回到单人沙发上，开始轻声朗读：

当我置身于树林间，
特别是柳树和皂荚树之间，
在山毛榉、橡木与松树之间也一样，
它们释放出喜悦的气息。
我几乎可以说，它们救了我，在每一天。

我离自己希望的样子甚远，

我希望自己良善、明察,
永远不要仓促走过这人世间,
要常常躬身低首,缓缓而行。

周围的树木摆动叶子,
呼唤着:"停一会儿吧!"
光线从树枝间倾泻而下。

树木又在呼唤:"这很简单。"它们说:
"你在这个世界也可以如此——从容前行,
被光填满,也散发自己的光。"

  朗读诗句的声音落下,易晴接过苏青递过来的摄影诗集,一张摄影照片跃然眼前——金色光粉细细洒下,森林如诗般的深浅绿意缓缓流淌,右边几行苏青刚刚朗读的诗句完美地与之相映。
  抬起头,她在苏青的眼里看见如同大海或者星空般的辽阔与安然。
  苏青说:"缓慢,其实是一种必要的美好。过往我们对于一切,都忙,都急,都拼命向外抓取。但现在我们需要开始懂得,静下来,回到自己,回到心。慢下来,我们才能够成为一个'人'。这世界太快,不急,我们慢慢来,比较快。"

"慢慢来，比较快。"这句简单的话仿佛有股神奇的魔力，被直接按进易晴心底深处的某个点，随之，不知积压多久的疲惫与酸痛释放开来。

"特别是心旅行，更是急不得的。"苏青进一步说。

"为什么呢？"易晴的脸上写满了困惑。

"通常快速通关的方式都是运用大脑，逻辑思考的模式是'问题一二三，解答四五六'，当我们的头脑感觉得到答案的时候，我们会觉得很安心。但是，有时这就像女人买减肥药或保养品，买的当下就有一种自己已经变瘦、变美的兴奋感和安心感；或像头痛时吃止痛药，吃完立刻就不痛了，可是往往它只有短暂的疗效。一段时间后，当我们发现'我都知道，但是我都做不到'时，反而会掉进更大的沮丧感、挫败感里，因为我们会自责地想：为什么学了这么多，还是行不通！"

"啊！没错！"易晴惊呼，"之前我也买了一大堆心理学的书，可是我都知道了，然后呢？比如说妈妈对我情绪勒索，比如说我就是过度付出的人，比如说跟别人在一起，我就是会一直一直把自己缩小……我都知道了，可是我还是做不到不被勒索、不过度付出、不把自己缩小啊！"易晴用力呼了一口气。苏青看着易晴把自己缩进椅子里。易晴继续说："于是我反而更绝望，更觉得自己是不是没救了。"

理解了易晴的沮丧和无助，苏青继续缓缓地轻声说："孩子，我们是人，不是只有大脑的机器人。除了大脑，我们还有感受、感情,这些都来自那颗珍贵的心。现在我们要面对的不再是学业或职场的考试,我们要面对的是人生,是关于人生的快乐和幸福,这个答案不在大脑里,而是在我们的心里。所以我说,慢下来,成为一个'人'。这是一趟不着急抵达目的地的旅行。慢慢来,每一处都有值得我们细细品味的好风景!这,就是我们可以给自己的温柔。"

抬起眼,在苏青的怡然一笑里,易晴感到自己的心轻松了一些,然后开始渐渐地温柔下来、慢了下来……

遇见未知的伤

这一天,苏青和易晴继续自我探索的对话,谈着谈着,苏青突然右手一伸,指了指角落里摆满了各种玩偶的两个大收纳箱,向易晴提出邀请:"去挑一个你感觉最像你的布偶。"

"最像我的?是指长相,还是指个性?"

"都可以,凭直觉就好,不需要想太多。"

带着满脸疑惑,易晴走向那个角落。恐龙、狮子、河马、熊、背娃娃的女孩、骆驼、武士、刺猬……各种大小、姿态、材质的布偶玩具在那里等着她。

易晴蹲下来,迟疑又好奇地翻找,细看了好一会儿,拿起几个不同的布偶又放下。"好了!我决定了!就是这只了!"最后她选择了一只粉红色的毛茸茸兔子。她边对苏青扬了扬手里的布偶,边走回沙发坐下。

"来,跟我介绍一下你选的这个布偶吧。"

"嗯……它是一只粉红色的兔子,有大大长长的耳朵,左耳朵上戴着一个亮黄色的小皇冠。它坐着,往前伸出两只大大的脚,左手拿了一个大大的黄色绒毛气球,上面写了两个红色大字——Always Smile(永远微笑)!"一口气介绍完,易晴抬起头望向苏青,笑容和声音里飘着愉快的粉色泡泡,"它是一只可爱又快乐的兔子,我很喜欢它。"

"嗯,我也觉得它很可爱,但是,如果再仔细看一看,你会多看到一点什么吗?"苏青不疾不徐地提出探问。

"再仔细看?没有了吧,就是这样了啊!"话才说完,易晴脸上的微笑突然凝住了,取而代之的是双眼睁大的惊讶表情。"它的右手臂怎么不见了?"易晴看向苏青,像是在跟她探求答案。

苏青没有接话,只是安静地坐着。

易晴的目光再次回到兔子身上,试图确认那条缺失的右手臂。

"天啊!这里没有任何被拉破的'伤口',它不是被弄坏的,它是本来就没有右手臂!怎么会有布偶是做成这样的?"易晴心中的困惑就像是袭上山头的雾气,先是薄薄的一层,然后越来越浓,直到完全笼罩了一切。

就在这片浓雾里,苏青轻柔却别具力量的声音在她的耳边响起:"有没有可能,这只兔子就是你呢?"

"这只兔子就是我?

"难道，我也缺少了右手臂吗？

"我是什么时候断掉这只右手臂的？我受伤了吗？

"为什么我一点感觉都没有？

"有可能受伤了，却一点感觉都没有吗？"

对于从心底不断涌现的这一句句疑问，易晴努力地在大脑中搜索，却始终找不到答案。

"孩子，记得上次我跟你分享的吗？有时候，有些事情需要时间来慢慢酝酿、发酵，特别是心旅行。试试看，把你的困惑转为好奇，我们不急，慢慢来，看看未来你会遇见哪些风景。今天时间晚了，我们先停在这里，下周我们再继续向前旅行，你可以吗？"苏青既稳又暖地说。

易晴轻轻地点点头。这一天，疑问像漫天的浓雾笼罩着她，她带着这片巨大的浓雾，还有心中小小的、好奇的微光，一起回家。

看不到的伤口

"我想再看看那只兔子。"才刚进门坐下,易晴就忍不住说出这句在她心头萦绕了一整个星期的话。

苏青理解地点了点头。

易晴起身走到角落,依恋而心疼地拿起那只粉红绒毛兔,将之小心翼翼地抱在怀里,脸上的神情非常温柔。

"这一整个星期,我都一直挂念着这只兔子。我很惊讶,明明这么明显,可是我怎么没注意到它少了一只手臂呢?"

苏青注意到易晴一边说着,一边不断地用手来回抚摸着兔子断失手臂的部位。

"你看,即使现在重新仔细看,也真的看不到任何受伤的痕迹,对不对?"易晴把粉红色兔子举向苏青,邀她一起确认。

"这里没有破洞,也没有被弄坏以后重新缝补的痕迹。就好像……就好像它一开始就是被做成一只少了右手臂的兔子。

上次你问我，是否有可能这只兔子就是我。这一整个星期，我很努力地想，但还是想不明白。究竟我是什么时候有这个伤口的？曾经发生了什么事？手臂是什么时候断掉的？"

苏青没有回答易晴的疑问，她回应易晴自己观察到的易晴和上周的不同："你依然感到困惑，可是这次我注意到，你开始可以伸手碰触兔子的伤口了，通过一次又一次来回抚摸它受伤的地方，你是在跟兔子说些什么吗？"

"我在跟它说……"易晴茫然地停顿了下来，过了一会儿，有些话语从她口中自然地流淌出来，"你还好吗？你痛吗？为什么你明明断了一只手臂，脸上却还是挂着开心的笑容？"眼泪开始在易晴的双眼里打转，然后随着她哽咽的声音掉落下来，"你好棒！你好辛苦，我好心疼你！你不要怕，不要担心，我看见你了，我会好好照顾你。"

在一旁陪着、听着的苏青也红了眼眶，她静静地看着易晴低下头，紧紧地把断了一只手臂的粉红绒毛兔抱在怀里，原本轻声的啜泣逐渐随着决堤的眼泪转为痛哭。

也许易晴并不知道，这些解开封印后止不住的眼泪，究竟是为了粉红绒毛兔，还是为了她自己看不见伤口的伤。但是苏青明白，这一刻，易晴已经越过这只兔子身上的明亮小皇冠、开心笑容，以及始终乐观正向的"Always Smile"，开始碰触那些被她隐藏了很久的伤。

因为知道在易晴心底可能有封存的伤口，所以在旁陪伴的苏青提醒自己,同行的步伐要更缓、更细致、更温柔。"稳稳陪着她,缓步往前走,她会遇见伤,也会遇见内在自具的光!"苏青在心里跟自己说。

柔韧的藤蔓紧紧捆缚住她的心

"如果这只少了右手臂的兔子要去闯森林……"这天的会谈中,苏青抛给易晴一个童话故事般的戏剧性问句。

"这只兔子太小了,又少了右手臂,去闯森林真的有点危险啊……"易晴迟疑的语气中露出藏不住的疑虑和担心。

"有没有可能,它可以找其他强壮的动物伙伴一起闯森林呢?"

随着苏青的话,易晴的脑海中浮现一个画面:兔子的身边有老虎、大象、狮子、豹……有了这些厉害的同伴,新增的安全感让她的脸上浮现微笑。但是下一秒,像是从美梦中突然惊醒一样,易晴拼命摇着头:"不行!不行!这只兔子一点贡献也没有,它怎么能加入闯森林的队伍?不可以!"

"你是说,如果没有贡献,兔子就不能加入闯森林的队伍吗?"苏青轻声确认。

"是啊,队伍的成员们相互照顾,彼此贡献所长。但是这只兔子受了伤,它这么软弱,又没办法付出,没办法贡献,怎么可以跟着队伍一起闯森林?"只见易晴的双手和头剧烈摇晃,她重申,"不行!不行!绝对不行!"

"你的意思是,在你心底有一个信念:我必须要有贡献、有能力,才能加入闯森林的队伍?"

"咦……"易晴瞪大了双眼,"我有这个信念吗?"她一方面对苏青的这个疑问感到陌生、诧异,另一方面又无法否认刚刚从自己口中说出的话。"我是这样想的吗?"易晴困惑地思索着。

过了一会儿,只见她喃喃自语地说:"原来……原来,在我心底,我是这么不允许没有贡献能力的自己处在团队里啊!"

"你的意思是,不是狮子、老虎、大象、豹等不接受没有贡献的你,而是你不允许自己加入?"

"嗯……我只是觉得,如果这只失去手臂的兔子是柔弱无力的,它最好不要加入闯森林的团队。因为它不能只是一个被照顾而不分担责任的角色。如果它受伤了,它应该自己待着,自己一个人走,不要拖累其他伙伴,也不该占其他伙伴的便宜。"

"听起来,你有一个观点:如果你是柔弱的、需要被照顾的、不能分担责任的,你就不应该加入团队、占人便宜?"苏青尝试整理易晴说出的话。

"呃……你这样一说,好像真的是这样,但我从来没发现我有这个想法。"

"如果你看看森林,看看孤单的兔子,还有成员越来越多的队伍,你可以感受到兔子有怎样的心情或想法吗?"苏青继续引领地探问。

"它真的很想加入那个队伍!"易晴由衷地说,声音里都是藏不住的渴望。"但是,"轻轻叹了一口气,易晴继续说,"只要它这么想,那个声音就会响起来——不行喔,没有贡献的能力,你就不能加入闯森林的队伍!"

"那是一个怎样的声音呢?"苏青问。

"它并不凶,甚至很温柔。它温柔地跟兔子说:'我们不要拖累别人,好吗?我们不应该占别人的便宜。'"

在易晴放慢且轻柔的语调里,苏青感受到那个念兹在兹的提醒,它像是一株又细又软却有韧劲儿的繁茂藤蔓,温柔但坚定地紧紧缚住易晴的心。

她看着深深走进自己内心世界的易晴——双手紧抱着粉红绒毛兔,喃喃地对兔子说:"兔子兔子,森林这么大、这么深,充满未知,我们究竟该怎么办?"大耳朵上挂着小皇冠,少了右手臂,左手上的气球依然清楚写着"Always Smile"的兔子没有说话,只是带着笑容,留在易晴的疑问里。

身体记得、头脑遗忘了的过往创伤

走在绿洲般的都市公园里,苏青弯身捡起一片紫红色的心形落叶,随手递给了身旁的易晴:"你看它像不像一颗可爱的红心?大自然真的是处处有惊喜,只要你给它机会,让它靠近你。"话锋一转,苏青别有寓意地说,"靠近,也许会受伤,但是靠近了,才有机会得到爱。"

听到这句话,易晴转过头看向苏青,她的眼睛里一瞬间闪着光点,但很快又消失了。只见她低头用手细细来回抚摸心形叶片上暗褐色的被虫子咬过的痕迹,安静沉思了一会儿才问出心中的疑惑:"为什么我们会隐藏伤?"

"孩子,我记得很多年前我陪伴一个女孩走过一段心旅行,在探索的过程中回顾过往,她有感而发地跟我说:'如果当时那么小的我一直记得这些,那绝对会是一场灾难!所以那时候我潜到水底去了,我希望有人能把那些妖魔鬼怪赶走,我希望等到安全的时候有人会拉我上岸。'"

苏青继续说道:"我们都曾经不自觉地用遗忘的方式来隐藏和否认在成长历程中所受的伤,不过,我其实很尊敬隐藏或否认。我甚至觉得,我们要欣赏自己用这样的方式,帮助了当时还太小、还无法承受的自己,我们要感谢我们帮助自己存活下来。就好像当我们的身体受伤了,细胞组织会把受伤的脓疮直接包裹起来,这就是身体保护自己的方式,好让其他地方不受感染和伤害。心里的伤其实也是一样的。"

"但是,难道我们不能继续用这个曾经帮助过我们的否认或隐藏吗?"易晴疑惑地问。

"很多人在童年时就学会了否认,并且一直延续到长大成人。可是未愈的脓疮有时候是无法自愈的。脓疮越长越大,我们越来越痛苦,也不断启动否认的机制。如果我们一直不回头去照顾那个脓疮,当脓疮爆裂开来,往往会造成生活中的重大事件,因为长期的否认绝对不会对任何人有益。弗洛伊德对创伤做了比喻,他说:人类内在心灵就像外在皮肤组织,也具有盔甲般的保护功能,也会因为意外而受损,当这个功能被创伤事件剧烈冲击时,人的潜意识里会留下痕迹,同时形成防御机制,而且在之后发生类似的外在状况时启动得更激烈,只是这时候除了保护作用之外,它会造成心灵的痛苦,甚至外显变成症状。"

"防御机制?听起来是能保护我们的好机制,没想到也会对心灵造成痛苦!"易晴惊讶地说。

在莲花盛开的莲花池畔,苏青在一块平坦的大石头上坐了下来:"防御机制是一种具有双重特性的心理防御架构,既能抚慰、保护自我,也会伤害自我。它就像一个集照顾者与迫害者于一身的矛盾骑士,尽全力地用密封、幻想、酒精之类的成瘾、麻痹等方式,把我们与现实中可能存在的伤害隔离开来,保护曾经受伤的我们。另外,它也可能把生活中的每个新机会都误以为是让我们再度受伤的危险,于是把好的契机拒之门外,让我们只是安全地活着,代价却是内在无法整合,无法活出有创造性的完整生命。这代价十分巨大。"

"啊!"易晴惊叹了一声,"原来在我们不知道的情况下,它对我们心理的影响这么大啊!"

"而且,还不只是心理层面,"苏青拾起身旁的一颗小石头,抛进了池塘中,"我们的身体会记得头脑遗忘了的过往创伤,如果创伤被压抑到一定程度,甚至会以疾病的方式出现。疾病其实是一种语言,表达过往的事件、创伤,过往未完成或者未被满足的期待。"

苏青望向被丢下的小石头惊扰而漾起一层层波纹的水面:"我记得有一个女孩,她老是抱怨不时胸闷,经常呼吸不过来。尽管是爱漂亮的年纪,但为了不影响工作和生活,她只能尽量穿宽松的衣服来让自己舒服一点。刚开始来找我一起心旅行的时候,她完全不记得小时候有什么情绪创伤,她跟家人虽然有点疏离，但整个家庭生活仍然算是安稳。后来我帮她通过绘画的方式和自己的内在温柔靠近。在她的画中，一个女孩被关在完全密闭的透明亚克力方盒中，背对画面，蜷缩在方盒一角。她说这个女孩是现在的她，而且从很小的时候她就在这个盒子里了。"

"天啊！"易晴张大了嘴，惊讶地看着苏青，"所以她也有自己不知道的创伤？"

"记得之前我跟你说过的吗？即使是成长于充满爱的家庭，我们每个人在长大的过程中也很可能经历过情绪创伤。不过这并不可怕，因为我们还是好好长大了，不是吗？这就说明，即使有创伤，我们的生命力和丰富的内在资源还是大过它的！"苏青微笑着看着易晴，"现在，我们可以让长大后的自己去碰触那些被遗忘的创伤。一旦我们读懂防御机制背后的真相，重新了解自己的过往，疗愈那些创伤，原本既保护我们又迫害我们的矛盾骑士，也就是防御机制，就会失去存在的价值，我们就可以从痛苦中走出来，开始创造截然不同的生命！"

一层层波纹逐渐淡去，水面恢复平静与明亮，倒映出朵朵莲花以及飞舞而过的红蜻蜓，甚至还倒映出天空中美丽的云。

"就像这片池塘，它的底层是一片泥泞，可是却同时滋养出这一朵朵盛开的莲花。"苏青说。

易晴望着苏青脸上安然的微笑，再望向眼前这片景色，穿过云层的阳光照在莲花上，也照进了她的心底。

第四章

接触深埋的隐秘自我,和内心世界连接

心底好像有一片很厚重的暗影

"我可以抽一张牌吗？"望着桌上漂亮收纳盒里的好几盒不同卡牌，坐在长木桌一角的易晴几经犹豫，终究还是开了口。

屏着呼吸，轻轻抬起手上的细嘴壶，让壶口的水流温柔地落在刚磨好的咖啡粉上，苏青趁着暂歇的空当儿回道："当然可以，挑一副你喜欢的牌，然后为自己抽一张卡牌吧。"

"就这么随性？"

"随性就是最好的！"苏青爽朗地笑了，"哪儿来那么多规矩！记得，越单纯，越碰触得到你的心！"

最后一滴琥珀色的咖啡滴落，苏青抬头看见易晴正虔诚地闭眼洗牌、抽牌。她不禁想起年轻时的自己。"我也曾经是这样的呀！"她一边这么想，一边面带理解的笑容，端着两杯咖啡移步到客厅，慢慢品味咖啡甜蜜的花香与蜜香。

"你看，我抽到了这张。"易晴走过来，递过一张卡牌，在另一张沙发上坐了下来。

"愚者牌？很有趣！"

"是什么意思啊？不会是指我很笨吧！"伸伸舌头，易晴用自我解嘲的方式缓解自己的疑惑。

"其实，愚者一点都不笨，反而是大智若愚的象征。你看他的表情多么放松自在，他代表的正是与潜意识或疯狂的连接，他能够跨越各种界线，颠覆过于僵硬的意识生活。"话语一顿，苏青的眼里闪过一道兴味盎然的慧黠，"说不定，你的内心已经准备好跳进潜意识的大海。"

"跳进潜意识的大海？天呀！会不会太准了！你知道吗，前两天很奇妙的，我突然感觉到从心底浮现出一个声音，它说：'我想看看我的暗影。'这个声音把我吓到了！因为我的性格一直都很正向，就像我爸妈帮我取的名字——易晴——容易晴天！虽然我的确也很敏感，但是从小到大，不管遇到怎样的挫折，最后我都可以回到很乐观、很正向的那个我。这样的我怎么会有暗影呢？而且这几天我也很努力地回想，我的成长过程实在是很平凡，爸妈很爱我，我从小也没受什么苦。我有暗影吗？如果有，我怎么可能都不知道？"

易晴的叙说仿佛触动了苏青，只见她起身，走到占据了整个墙面的木质大书柜前，然后弯身翻找着。

过了一会儿，她手上多了一本有着岁月痕迹的笔记本。重新坐回到单人沙发上，她说："孩子，我想跟你分享一段手札。

我的眼睛不行了,看不清楚,你愿意帮我念一下吗?"

易晴点点头,接过手札本,开始轻声念道:

负责初次访谈的年轻心理咨询师轻轻眨了一下漂亮的大眼睛,很快又努力恢复到温柔的注视。"我觉得心底好像有一片很厚重的暗影",关于我的这句话,她是有一些猜测吗?以至于她有了那一秒的畏缩。

我为她那一秒的畏缩感到抱歉。我很想跟她说:"喔,你别误会,也别担心,我没有被家暴、性侵、霸凌或者自残的过往。"我只是想看看属于我的暗影,即使我也不知道那究竟是什么。从小到大,我一直是相信"生命本就具有光亮"的人,我有太强大的能力可以相信人、爱人,也一直相信这世界有光。

我的人生顺遂且平凡,这样一个不够伤痛又太过正向的人生,平凡得一如乡间夏日的宁静午睡时光:清风徐徐,大树绿荫清凉,日光蝉鸣,远处大海的浪涛声如母亲温柔地轻唱摇篮曲。

天地安好。

可是,究竟是什么在召唤我呢?

在海洋的那一端,或者,在海洋之下,存在着什么吗?

我看不到,但我能感觉到……

合上手札本,易晴好奇地提问:"这是你曾经的心情吗?

跟我好像！所以即使我们不记得有暗影，我们还是可以去探看它？"

"是啊，当时也许我还没办法这么肯定地跟自己说，但是经过这些年，当我自己走过一段又一段的探索旅程，当我陪伴许许多多人走过他们的旅程，现在我想跟你说：'是的，孩子，别害怕。'

"即使我们不确定暗影是否存在，即使和他人相比，那或许不足以被称为暗，但只要它召唤我们，它就存在。对我们来说，那就是暗，或者，那就是痛，是伤，是以前我们必须努力求生的时候，需要舍弃、遗忘的，是被我们裁剪、砍伐、弃置的。

"这是一趟内在召唤的冒险之旅，也是一趟怀着对自己的爱与温柔而出发的未知之旅。重点是，你是否愿意为自己踏上这趟旅程？"

苏青的每一个问句都敲在易晴的心上。她低头看着放在桌上的愚者牌——愚者头上戴着一顶桂冠，穿着一身色彩斑斓的衣服，满脸欢欣，双眼无视眼前的悬崖，而是望向遥远的天空，昂首阔步地前行。他的脚边有只小白狗正狂吠着，似乎在提醒他要悬崖勒马，又好像是随着他一同快乐起舞。

"你不害怕坠落谷底吗？"易晴在心里轻声问着卡牌上的愚者。愚者没有说话，他丝毫不担忧、不害怕的轻松表情就好像悬崖下会有天使托住他似的。易晴深深吸了一口气，抬起头，看着苏青传递出温暖的双眼，她点了点头，说："我愿意。"

自在、真实的自己存在吗?

"对不起。"这一天的会谈,易晴一开头就是这句话。

"虽然上次我跟你说,我愿意开始往下看我的暗影,但是这两天我又突然有一个疑问:如果我根本不记得曾经受伤,还需要往下挖掘吗?就算不处理,我不是也可以好好地生活下去吗?"

"别担心,出发之前的反反复复很正常,更何况,这是你的旅行,你是你自己的主人。记得,在这趟心旅行里,你可以随时做决定,完全没有好坏对错,尤其不需要跟我道歉,好吗?"

苏青理解又包容的话语,加上跟易晴确认时脸上温柔的表情,就像一阵清新的和风,吹过了易晴原本担忧、紧绷的心。她轻轻点了点头,感到放心和放松。

"这的确不是一个绝对必要的选择,但这是一个升级版的选择。这些年我清楚地见证,我们可以不只是活着,我们值得活得更好、更快乐。你的快乐、成功、幸福是真实的,但是你心中莫名的纠葛和辛苦,以及人际关系里的矛盾与挫折也都是真实的。不正是因为真实的痛与困惑,你才来到这里吗?"

苏青的话让易晴脑海中浮起了那天开车时停在红绿灯前,不知到底该直走还是右转的自己,以及那段时间里越来越频繁地感觉到可能会突然失控的害怕与无助。她不自觉地深深吸了一口气。

"但是,往自己的暗影底层走会遇到什么呢?我觉得很害怕,如果那是一个深渊,怎么办?如果我掉进去就出不来了,怎么办?"易晴真实地说出自己的疑虑。

"孩子,别怕,你听说过心理学家荣格吗?他说过,改变是一个螺旋式的历程,而这些年,我自己深深体会到,改变是一个双螺旋的历程。"

"双螺旋?那是什么意思?"

"意思是,它是一个两端同时打开、拓展的历程。当我们如螺旋般渐进地向内朝自己探索时,同时会有另一个相对的螺旋向外朝着他人靠近;当我们螺旋式地向下朝暗影探看时,同时也有另一个螺旋相对向上碰触光亮。内外、上下、自己、他人,黑暗、光亮……所有对立两极的相遇与整合之后的大圆满才是生命的实相,才是心旅行最终要抵达之境。"

话锋一转,苏青定定地看着易晴的双眼,真挚地说:"更重要的是,在这趟心旅行里,我们每个人内心自具的力量、智慧与爱会始终陪伴、引领我们。只有当我们足够坚强、形势足够安全和稳定的时候，心才会渴望走上旅程，开始与过往的暗影产生连接，并且让暗影展现新的意义。虽然这个相遇可能让我们感到痛苦，可是这一次的痛苦是有意义的，它将我们曾经切割、遗弃的碎片重新整合到我们的生命史里，让我们真正开始做完整、圆满的存在。"

"也就是你跟艾莉分享的'自在——真实的自己存在'吗？"

"是的，孩子，那是我们每个人都值得拥有的美好。不过，你可以依着自己的心，照自己的速度和节奏向前走或者选择停下来休息。每个人都是独特的，这份独特值得得到欣赏和尊重。真正的爱不只是陪伴，也是愿意等待。能够陪伴自己、等待自己，就是我们可以给自己的爱。别急，等你准备好上路，我们再一起向前走。"

在苏青的微微一笑里，易晴仿佛看见一片澄蓝天空下青绿的草地，在这片以欣赏和尊重打开的悦纳空间里，许多透明翅膀的小天使轻盈飞舞着。她心里的粉色小天使仿佛也被呼唤而出，悄悄附在她耳边，轻声跟她说：

"这，就是我们可以给自己的爱。"

痛苦让她醒过来,让她下定决心面对

易晴窝在沙发里,看起来特别疲惫、低落,她说:"对不起,上个星期临时跟你请假,实在是因为我太生气、太沮丧了!"

"发生了什么事?"

"你知道吗?一个跟我认识了二十年的闺密,居然什么都没说就突然拉黑我!"虽然表面听起来是生气的指控,苏青却也听见背后藏着的浓浓委屈和伤心。

"那天对于某件事,我们意见不一样,气氛也不太愉快,可是当时人太多,并不适合解释,所以我想回家后再跟她好好说。没想到她却把我拉黑了!"

"今天你想谈谈这件事吗?"苏青试探着询问。

"本来是想的,但是我这两天沉淀了一下,突然发现一件事:在我的过往生命中,好像有一个重复的断裂模式。"

"断裂模式?怎么说?以前也有人这样突然就跟你断裂关

系吗?"

"嗯……不是。"愧疚的表情出现在易晴脸上,"是有好几次,我都用断裂的方式结束跟别人的关系。比如我大学时的初恋,一开始和他在一起很甜蜜,大概一年后,我越来越觉得我们的个性差异实在太大,做回朋友比较好,可是我又完全不知道该怎么跟始终温暖、付出的男友说,所以我就趁着长长的暑假完全断绝了跟他的联络。"

"你用消失、断裂的方式来表达自己说不出口的决定?"苏青问。

"嗯……其实我心里一直都很愧疚,但是我完全不知道到底该怎么面对这种事。我其实也搞不清楚,为什么自己突然之间就完全不想要这段感情了。而且,这种事不只发生过一次,也不只在爱情里,有时候友情中也是。"既自责又困惑的复杂情绪在易晴心里翻搅着。

"我很好奇,这种'用断裂的离开来跟重要关系中的他人告别'的模式,曾经出现在你小时候的生活中吗?"

"没有啊,我们家是小家庭,有爸爸妈妈、我和妹妹,我从来没有什么分离的经验啊。不过,"像是想起什么似的,易晴说,"从小到大,如果我对一个人非常生气,我觉得表达愤怒的最强烈方式就是在心底说:'我不要你了!'对我来说,最大的惩罚不是痛骂、打或报复一个人,而是我根本不理他了,不仅是身体离开,在心里我也完全离开,从此我们是陌生人了。"

"嗯，这真的是非常极致的断裂，因为不管我们是对一个人生气还是怨恨，在情感上都还有连接，所以我常说'爱的反面不是恨，而是冷漠'，而断裂——从关系中彻底离开——似乎成了你生命剧本的一个主题。"

"天哪！如果是这样，我也太惨了吧！"易晴惊呼道。

"而且，你注意到了吗？以前是你断裂别人，可是这一次，你是被他人断裂。"

"对耶！以往她对我付出很多，既细心、温暖，又照顾我，这次却决绝地封锁所有和我的联系'管道'，切断一切让我和她沟通解释的机会，就像我以前对别人做的那样。这让我第一次体会到原来被断裂这么痛苦！"

"其实，不只是痛苦，也许，它可能还有更深的意义。"

"更深的意义？什么意思？你不要吓我！"

"孩子，别怕，生命不会故意惩罚或者吓我们。相反，它对我们有很多的爱，知道我们真正的渴望。它站在一个更高的视点上，用可行的方法引导我们。"

苏青继续说："一直不自觉地跟人断裂，就是在关系里创造疏离，但这真的是你要的吗？如果不是，而你又一直不觉醒的话，它就开始召唤别人对你回以断裂了！荣格说过，当我们内心未曾意识到的冲突在现实中突然发生了，这就是命运。可是孩子，那不是惩罚，而是爱——通过痛苦让你醒过来，让你下定决心面对，让你有机会去看看，到底是什么时候你选择并且紧紧握住了它,也让你终于可以重写你的生命新剧本。"

"不是惩罚,是爱。"易晴在这句话里慢慢安静沉淀着。再开口时,她望着苏青:"我真的不想重复这个断裂的生命主题了!我可以怎么做呢?"

"也许,你这趟探看暗影的心旅行,就从断裂这个主题开始。"

易晴点了点头,她知道,这趟心旅行已经是非上路不可了。

她不要再重复断裂的循环,不要再掉入明明想要的是幸福,却总是伤人又伤己的关系里。不管有多少疑问和未知,不管前方是什么,她都要为自己,也为身边的人,大步往前走!

画出不自知的深层自我

"这几天我想了想,如果你愿意,这次我们可以先试试以绘画叙说的方式来探索你的断裂,然后再配合文字书写的自我叙说方式。"

"咦,绘画也是一种叙说吗?"

苏青微笑:"心没有清楚的逻辑或语言。也许我们可以尝试用更贴近这种形态的图画形式来让她说话。我喜欢用柔软、跳脱框架限制的方式来探索未知的暗影或创伤,它通常能比纯粹的语言更快开启与自我连接的神秘大门。尤其这次你渴望探看的是暗影。既然是暗影,势必是我们长久以来不自知、被意识压抑、隐藏到极深处的某些什么,也自然难以穿透大脑的精密防卫,被我们看见或听见。其实荣格曾经说,影像是意识与潜意识的桥梁,是潜意识寻求浮上意识层的产物。它不仅在我们沉睡的时候以梦的形象出现,在我们清醒的时候,它是由直觉引领而画出的图像，我喜欢把它称为心画。"

"前段时间我看了一本关于解梦的书，书上说，梦是潜意识在跟我们说话。你说的心画听起来——是睁着眼睛做梦吗？"易晴好奇地问。

"是呀，你可以说心画是一种醒着的梦——我们打开内心的时空之门，接触深埋的隐秘自我，与内心世界连接。所以当笔下的图像出现时，很可能勾勒出的是我们不自知的深层自我状态，或者是生命的重要议题。事实上，在人类还没有发明文字之前，是以绘画来记录故事、说故事的。无论是古埃及壁画还是旧石器时代的壁画，它们都是当时的叙说形式。我相信，叙说是本质本体，图像、文字、语言都只是工具，重要的是叙说出自己的生命故事。当我们尝试接近潜意识时，用多重的媒介来靠近，并进行细致地观察，就像一个深情温柔的情人会用各种方式求爱一样，我们会为自己重整更多内在的觉知，最后带回个人生活。"

"听你这么说，我感觉好像我的故事很值得被温柔靠近，这让我很感动。"

"是啊，每一个人都有被倾听的渴望，也都值得这样好好地被自己聆听和了解。跟自己对话、倾听自己，而不是一直把注意力放在外面或者寻找外在刺激来把内在声音盖过去。这就是爱自己，这就是值得我们为自己做的事情。"

"谢谢你这么细致地陪我一起厘清这些困惑和害怕。"易晴的脸上漾起信任的微笑，"接下来，我要靠你了！"

"孩子，其实你就是你自己的大师！我们每个人都具有内在力量，也只有我们能为自己做出选择。你拥有那把神秘的钥匙，答案就在你身上。尤其在当你说，你渴望接触你的暗影时。渴望代表了你内心极大的自发动力，代表着你开始更深切地靠近自己、爱自己。我们每个人心中都有一个真实，那个真实纯主观、非客观。既然过往你一直那么努力地在别人的土地上生长开花，到头来既讨好不了别人，也创造不出双向疏离的关系。这一次你是不是愿意回到自己的土地上，努力生长，开出自己的花？你是不是愿意更放心地通过绘画或书写的方式，完全以自己的角度、自己的感受，做一份自己的记录？你是不是愿意对自己说出属于你自己的真实故事？这些年我深刻体会到一件事：真实，比优雅更迷人，比和谐更动人！对现在的你来说，先练习对自己真实，也许正是一个重要的关键。如果你愿意，可以先尝试用绘画探索你的断裂，然后把过程和体会用文字写下来。也许我们可以试试通过电子邮件来对话，协助你往前探看。"

"我就是自己的大师？对自己说出属于我的真实故事？"苏青的这些话莫名地撞进了易晴的心底，不知道为什么，她感到内在有一股力量在隐隐骚动。

"究竟，这股力量会把我带到哪里呢？"在原本的担心之外，她感到好奇的泡泡在心里一个又一个地冒了出来。

第五章

带着困惑继续心旅行

第五章

帝國圖書館の実態と活動

收听自己内心的声音

亲爱的苏青：

不知道你现在是不是已经在国外了，虽然我很不想提，但我和志远刚刚又大吵了一架。我不知道究竟谁对谁错，我真的好累！

我是不是该放弃这段婚姻？可是小蝴蝶怎么办？我不能给她一个破碎的家啊！

我觉得两难，觉得不知道该怎么办，一直这样重复，我实在太累了……

我想，也许我该走上你说的心旅行。你说得没错，我们不能一直重复旧的自己，却期待有新的不同。如果心旅行可以让我既向内连接自己，也向外跟我爱的人连接，无论如何我都得试一试。

只是，在照着你的建议用画画和文字为自己叙说真实的生命故事之前，我还有一个问题想问你：如果不擅长写作或画画，也是可以的吗？坦白地说，小时候我很喜欢写作，高中还编过校刊，只是进入社会后就再也没写了。至于画画，从小我的美术成绩就很差，这样也没问题吗？

心很乱的　易晴

亲爱的易晴：

　　我感受到你对小蝴蝶的爱是如此饱满，我也更欣赏你愿意踏出改变的第一步。我们是孩子的原生家庭，当我们开始愿意探索、改变自己以及夫妻关系，就是在为自己、为伴侣，也为孩子创造幸福的新可能。你要相信，真正的爱，一定是双赢的，甚至是多赢的！

　　至于你的疑问，别担心，绘画或者写作的能力不是重点，开始靠近自己才是最重要的。二三十年前，当我刚开始用同样的方式做自我探索时，曾写下一些文字，虽然每个人的旅途和体会未必相同，但希望我的分享可以带给你一些东西。

　　就像是突然转到了一个新的频道，除了原本熟悉的自己，我开始收听自己内心的声音。原来，过去所知道的关于自我的图像并不完整；原来，在我内心封存了某些声音。

　　我觉得自己既熟悉又陌生，既慌张又不安，同时也骚动兴奋。就像……就像一座活火山微微苏醒了。可是那火红的熔岩，究竟会把我吞噬、毁灭，还是会成为热情的、滋养我的生命能量？

我很困惑，也很害怕。我也隐隐感受到一种期待，像是吹进密室的清新气息，像是植物人开始苏醒，我的手指、脚趾可以屈张活动了，我感觉血液开始流动，神经传导障碍也没有了。

我感觉到，我跟自己靠近，跟自己在一起。

此刻，当这句话从我笔中写出，我的眼眶微微湿了。原来，我寂寞了那么久，不是因为别人疏离我，而是我背离自己。

我泪流不止……

荣格说，只有当你朝向自己的内心观看时，你的视野才会清晰，那些向外看的人在做梦，向内看的人是觉知的。

此刻我感受到，过去那个背离自己、封存心底声音的自己，的确如同沉睡在梦中。过去那个只是向外看，向外追求、抓取，看似行走活动、反应思索、决策应对的我，现在看来，更真切地说，不过是行尸走肉。

当我开始倾听自己内心的声音，当我是觉知的，我才苏醒，才是真正地活着。

我，想要真正地活着！

亲爱的易晴，你也渴望真正地活着吗？

爱你的　苏青

温柔地靠近自己

亲爱的苏青:

"你也渴望真正地活着吗?"这句话深深触动了我,让我有勇气开始画我的断裂。

我依据你的建议,画完之后立刻把整个过程和心里浮现的感受全都写下来。现在,我真的想说:这实在是太奇妙、太不可思议了!我不知道到底发生了什么。

面对一张白色画纸,我手上只有一支细黑笔。不是刻意选择,而是因为突然之间,不知道为什么,我怎么都找不到蜡笔盒。

握着笔,我想起你跟我说的话:"不需要用大脑思考,就是让感觉带着你画。"落笔在画纸正中央,先是出现了一个黑色旋涡。它从中心不断地循环、旋转,感觉好像是风暴中心的力道太强,我拿笔的手感受到那股力量越来越强、越来越强,仿佛就要失控。笔的速度越来越快，它向画纸的右上方不断地旋转而上，然后又向下绕回到画纸中间，接着，它又开始向画纸的左下方旋转而去。

我停笔。凝视这个画面。

我发现，它就像一道凌乱又强烈的黑色龙卷风，或者是一道黑色的刺铁围篱。它把原本纯白色的画纸一分为二，分割成左上方和右下方两个空间。

看着看着，我再度落笔。

我的笔再度不断地循环绕旋。不同的是，这次它紧锁在一个中心点上，不断地重复，更密、更紧实、不透风、无法呼吸，直到逐渐形成一个暗黑核心。在这个暗黑核心上，我停不了手，持续不断地、循环绕旋地画着。我开始担心会不会穿破这张纸，可是这个黑旋在继续，它丝毫没有要停下来的意思。我随着它走。

渐渐地，它开始一边守住中心，一边向外绕旋，然后又回到中心。一个个同心的细长椭圆图形开始不断地出现，一圈又一圈，重叠开展，开展重叠……

"啊！"我心里轻呼一声，诧异地发现，我停不下的手竟然画出了一朵墨黑色的五瓣花！

手上的循环继续，甚至越来越快速，越来越强烈。眼前的墨黑色五瓣花越来越浓重，也越来越清楚。就在我担心一再承受强烈力道的花朵核心仿佛就要因为承受不住，而被直接穿破的时候，手上的笔渐渐地放缓了速度。它终于愿意停下来了。

看着画纸上的画面，我被好多种说不清楚的情绪笼罩着。不自觉地，我深深吸了口气，又不自觉地闭上了眼睛，长长地呼出一口气。原本紧绷的胸口好像放松了一些。

笔，再度落下。

在这朵魔性墨黑花朵（不知道为什么，我就是想这样称呼它）的周围，一圈细细的黑色线条轻而缓慢地延展，逐渐圈成流动的不规则圆；远一点点，第二圈；再远一点点，第三圈。这一圈圈如同涟漪扩散，也仿佛大地震之后的余震在慢慢释放，我手上的紧绷感也明显褪去。

再度注视着画纸，我突然发现，眼前的画面开始产生变化。我的意思是，我不再只专注于黑，或者更精确地说，我不再只看得见黑。我开始看见黑线条与黑线条之间的白色部分了！随着看见这些白色部分，我的注意力开始转向画纸左上方，那片被黑色龙卷风隔开的另一片空白世界。"这是一个可以呼吸和飞翔的空间！"我的心里发出这样的声音。

笔又一次落下。

一朵云，另一朵云——两朵自在的白云悠然飘荡。然后一只鸟，另一只鸟——两只自由的飞鸟轻盈翱翔。在这片天空里，我感觉到敞开、宽阔、呼吸轻松。云朵、晴空与飞鸟，每一个存在，既独立，也相伴。

亲爱的苏青，这是我的绘画过程和体会。此刻我的心里充满了困惑：墨黑也能成为一朵花吗？这朵花到底是怎么开出来的？它是我心底的风景吗？它真的存在吗？它要告诉我什么？我有点怕它，但同时我也不得不承认，它好美！

亲爱的苏青，我也发现，这个被黑色龙卷风一分为二的两个世界，就像一直让我痛苦、感到拉扯的对立两极。我有点担心，这个把画中世界一分为二的黑色龙卷风，会不会摧毁一切，会不会把我卷走？或者，会不会让我坠入无止境的黑暗深渊？

心情复杂的　易晴

亲爱的易晴：

你说突然之间不知道为什么，怎么都找不到彩色蜡笔，于是只能用手边的细黑笔。也许是巧合，但我也在想，那也许是来自你内心的引领。有没有可能，它刻意不让你再度掉入缤纷色彩所制造的美好、明亮的诱惑中，或者掉入可能已成惯性的伪装和隐藏中？有没有可能，它既是在回应你想要探看未知的渴望，也是在邀请你真真实实、无须回避地用黑与白来勾勒内在关于断裂的实相？

黑白色的心画让我觉得既简单又震撼。黑色龙卷风，或者是你说的墨黑色花朵，是一团浓乱的纠结里有着些东西，只是还不明确。我感受到，两极的特质——凌乱又规律、愤怒又优雅、无助又安定——似乎并存在你的心画里。甚至，在循环般重复又重复的稳定里，同时带着一种仿佛悬于一线的致命危险：

会不会就在下一笔，如你所说，穿破纸张，从这张白纸世界中破裂而出？

不过，我同时也感受到，似乎因为这股内在纠结的巨大张力有了破口与释放，你内在的一些东西开始松缓了，于是在这朵花的外围，如你所说的，像余震般释放了一圈圈涟漪。甚至接下来，你有能力开始画出左上方那个可以呼吸和飞翔的开阔世界。

亲爱的易晴，我们不需急着解开所有疑问，慢慢来，继续温柔地靠近你自己。

期待你的下一张心画。

爱你的　苏青

进退两难,出口在哪里?

亲爱的苏青:

这周我依然想着断裂这个词,也像你说的,让感觉带领我的心画。我先依直觉选了黑色蜡笔,然后用很粗的线条画了一颗心。嗯,或者更准确地说,是用黑色线条堆积的心。我的笔在这颗心上一圈又一圈地画过,让它加厚、加厚,再加厚,好像是在建造一道城墙,直到它成为一道固若金汤的保护墙。

接着,在这个黑色铁墙的心里面,我画了一颗黄色的心。淡淡的黄色让我想起早晨的金色阳光,或者夜晚的晕黄月光,很温柔、很明亮。

然后我在正中央的地方画出了一颗小小的、红色的、实体的心,它被包裹在另一颗稍大一些的红心中。这个核心的世界如此温柔、喜悦,饱满而安好,它静静地躺在这一片温柔的流光里,仿佛在沉睡。我感到整个人都松缓了下来。

渐渐地,我的视野开始扩大,从位于核心的小红心向外,直到容纳了整个完整的画面。由内而外,它们分别是"活力亮红的心""温柔晕黄的心""刚强墨黑的心",以及心之外的一片白色世界。

就在这个时候,我的心里突然闪出一个声音:"这个黑色钢铁的心墙,这么厚实坚固、毫无缝隙,空气进不来啊!"

我开始感到惊慌:该怎么办才好?我拿起黄色蜡笔,想要画一条细细的管子,让外面新鲜的空气进来。可是下一秒,我脑海中出现了一个画面:一道随着管子迅速延伸的裂痕不断向四方扩张,最后整个黑墙都崩裂、瓦解了!

我心里响起警铃般的声音,它大喊着:"不行!太危险了!不安全!我需要这个坚固黑色铁墙的保护!"在这个强悍而决绝的声音之下,另一个微弱的声音轻声地说:"但是,黑色铁墙也让新鲜空气完全进不来啊……"

我觉得自己被困住了。拿笔的手悬在半空中,进退不得。

啊!两难!

觉得疲惫的 易晴

亲爱的易晴:

你为什么需要固若金汤的厚实城墙?

你需要保护守卫的是什么?

你受过伤吗?

是在什么时候？

必须是铜墙铁壁才足以守卫保护？

到底"外界"有多危险，你有多害怕？

是因为这样，你才会需要断裂吗？

黑色铁墙的刚硬、冷酷、决绝和墙内透黄流光的温柔、明亮、暖意形成了强烈对比，好像再度如实地映现了你内心总是存在一个对照、对立、对比的两极世界。那究竟是冲突、矛盾，还是互补？或者，是救赎？

我也好奇，正中央的那个小小的红心对你来说是怎样的存在。你愿意和它待在一起，看看它，感受它，听听看，它在跟你说什么吗？

爱你的　苏青

亲爱的苏青：

依着你的建议，我看着心画里正中央的那颗小小红心，发现我不自觉地微笑了起来，我感到整个人放松了下来，我感觉到安心、愉悦、怡然。

天啊！我真的好爱好爱这个小小红心的世界！这是一个值得被保护、珍视的世界，我愿意付出一切代价去保卫它。

可是，苏青，当我和外界全然隔绝，我保护了我的心，我让自己安全了，但同时，我也让自己处于没有空气的窒息状态了啊！

感到困惑的　易晴

亲爱的易晴：

从"新鲜空气进不来"到你现在体会到的"处于没有空气的窒息状态"，让我感受到，那仿佛是一种慢性的、痛苦的濒死状态。安全与死亡并存，这就是处在断裂状态下的你吗？不管外在看起来多么安好幸福，这是内心卡在两难之间的你真正的痛苦级数吗？

我在你的文字叙说里看见，仿佛两边都是死亡的进退两难、无处安歇。是因为这样，所以这些年来你才会不停地在疏离与亲密之间折返跑吗？这是否在说你内在的两极冲突，就如同这张心画叙说的"外在的刚强和内核的柔弱之间的矛盾"有关呢？

爱你的　苏青

亲爱的苏青：

你的这句话——两边都是死亡的进退两难、无处安歇——让我泪流不止。通过你的话语，我突然明白，这张心画是在跟我说：我一直都太累、太"心"苦了！

亲爱的苏青，我心疼她，我很想救她。可是，出口究竟在哪里？我完全没有答案。不知道为什么，现在我感到特别疲惫和哀伤。

我能够找到出口吗？

觉得无助的　易晴

她的心底有着一个怎样的世界？

亲爱的苏青：

今天我依着直觉选择的是红色蜡笔。

在画纸的正中央，一道鲜红色的闪电凌空劈下，自上而下完全跨越纸面！我感受到手上的力道强烈而坚决，那力量无可回避也无法转圜，它不断加粗这道闪电，而且在每一个转折的地方都用力涂出像刀锋一样尖锐锋利的锐角！当我感觉到这股力量稍微减弱之后，我停下笔，看着一道尖锐的鲜红色闪电从整张白色画纸的右上方劈向左下方。

多奇妙啊！我又不自觉地把画纸切分成两个世界！

我既诧异又困惑。

我停顿下来，让感觉蓄积、浮现，然后再度落笔。每一个锋利如尖刃的闪电锐角处，开始有紫红色线条流淌而出，它们像是凌空而出的溪流，一道，一道，又一道……我心里突然浮现出一个词语:脓血。原来,它们是紫红色的脓血啊!

我感觉紫红色不够浓重,我再加上深沉的暗咖啡色,但又感觉不够沉郁,于是我用黑色蜡笔用力加重每一道脓血小溪的边缘。接着,每一道脓血开始往下流淌,它们开始汇积成由一摊暗褐、墨黑、紫红色交织而成的大地。我停不下来的凌乱笔触继续一层又一层地涂抹,直到它变成一整片厚重、凝滞的脓血大地。

是的,脓血大地。这就是我心里浮现出的词语。

我感到好像还有什么在心中流动。拿起黑色蜡笔,在这个画面左边的脓血世界里,我开始自上而下画出密密的短线条,一道又一道。从天而降的一大片黑雨,完全笼罩了这个世界。我感觉心画的左半边完成了,终于可以停顿、可以呼吸。

接着,我的注意力开始转到画纸右方的那片空白。依着感觉的带领,我拿起了粉色蜡笔。先是一条短线条,再一条,另一条,一层一层由核心逐渐向外层叠开来……

"啊,原来是一朵粉色的复瓣蔷薇啊!"我心里惊呼。

我继续延展我的心画。两片中心嫩绿、外围深绿的叶片,安稳又温柔地撑托着粉色蔷薇。画纸右上角,橙橘色的太阳暖暖地照耀着。花朵下方生出亮褐色的枝干,朝着左下方延展而去……

我停笔。脑中闪过一阵微颤的困惑与迟疑,我清楚地感受到一股抗拒的力量,它不想让这条枝干延展。可是,我手上的动力源源不断，我只能顺着它的力道而走——亮褐色枝干继续朝左下方延伸，最后衔接上了左方世界的脓血大地。

左右两个世界，终究还是连接了！

我看着整张画，感觉似乎有什么还没完成。我继续依着直觉拿起蜡笔，手落在右边粉色花朵的世界。亮褐色的枝干上长出新的细枝，细枝上冒出几片嫩绿的新叶。在枝芽与新叶上，一朵含苞的小花悄然而生。

终于，我感觉到，这张心画完成了。

亲爱的苏青，我真的不明白，为什么这次我的心画又出现了左右对立的两个世界？而且两个世界的落差这么大！左边的脓血大地是痛苦、创伤、黑暗、沉重、绝望，右边的粉色蔷薇是喜悦、新生、明亮、轻盈、祝福、希望。这么大的差异，当然很难并存，当然只能分裂。可是，它们为什么无法真正分裂，一定要连接？

究竟我的心底有着一个怎样的世界？

感觉分裂的　易晴

亲爱的易晴：

你注意到了吗？这张心画中的红色闪电和第一张心画中的黑色龙卷风不一样了。红色闪电不再是象征防御的铜墙铁壁，它带着强烈的情绪、愤怒的攻击，但同时，它也是更有活力的表达。

看看你先落笔的左边图像，我想邀请你，把视线停留在被你称为脓血小溪的紫红色脓血线条上。看着它们，你会看见什么？

爱你的　苏青

亲爱的苏青：

我试着更专注地看着那些喷流而出的紫红色脓血小溪，坦白地说，一开始我什么都没看见，但是，当我看得更久之后，我怎么……怎么觉得，它好像是一个跳舞的人形啊！

这怎么可能呢？我明明觉得那是一个脏污、黑暗的世界，甚至可以闻到腐烂的腥臭味，就像……就像地狱一样。但是，怎么会有人形跳舞的画面浮现在我的脑海里呢？甚至，当我凝视着它，我感受到了活力、愉悦和欢快！

亲爱的苏青，这反差实在是太大了！现在的我觉得惊讶，觉得有点头晕。

迷糊的　易晴

亲爱的易晴：

如果把视线拉远一点，你会看见什么呢？

感受一下你的这张心画，它带给你什么样的内在触动？

爱你的　苏青

亲爱的苏青：

把视线再拉开一点吗？

我看见天空下着黑色大雨，脓血大地上站立着一个跳舞的人。那些黑色暴雨密密地落在她身上，我仿佛可以感受到雨点打在身上的疼痛和绝望。眼泪开始一滴一滴地从我的脸上滑下来。我仿佛听见那是被抽掉声音的她的无声的呐喊。看着这样的她，我很想大哭甚至想嘶吼！

在绝望中，她仍然在跳舞？

那些刀箭般的黑雨落在她身上，地上的紫黑脓血聚成水洼，她仍然可以跳舞？

她为何跳舞？

她疯了吗？

有人看到她吗？

有人可以去救她吗？

可以吗？

满心疑问的　易晴

亲爱的苏青：

这个在脓血大地上跳舞的人在我的生命里出现过吗？

她为什么还能够跳舞？

她究竟是痛，还是快乐？

她的活力从哪里来？

她是来自地狱的冥界使者,还是来自天堂的落难天使?

依旧不解的　易晴

亲爱的苏青:

我不明白为什么我会画出这样一张心画。

我的心经历过这样的处境吗?

我如此疼痛过,如此绝望过吗?

如果是真的,为什么我完全不记得呢?

如果不是真的,她又从何而来,为什么会在我的笔下出现?

觉得脆弱又哀伤的　易晴

亲爱的易晴:

一连收到你发来的三封邮件,我感受到,你一句一句的探问都是一声声的求救和呐喊。

我感受到,这个在脓血中跳舞的女人,也许经历过将内心撕裂成碎片般的痛苦和创伤。但是,她通过你的心画和文字,穿越时空,在你终于安全长大、具备力量的此刻,浮现出来与你相遇,因为你的内在自我已经走上寻求完整自我的成长旅程了。

我在你看见的丰富意象和你体会到的细腻心绪里,深深感受到你内在自具的探索力量。就如同这些年我在咨询室遇到的每一位来访者,我看见你们每一个人都是既受伤脆弱,又同时拥有丰沛的生命力。

我心疼你,也相信你。

我是一个被你们感动且为你们感到骄傲的见证者,陪伴并见证你们在这趟心旅行里走过的每一步,经历的每一处风景。你说"她是来自地狱的冥界使者,还是来自天堂的落难天使",我看见的是:也许她会带你向下坠落,但她也会带你向上扬升。

你愿意相信我在你身上看到的力量吗?愿意慢慢来,依据你自己的速度来调节暂歇和前进的步伐吗?在你可以的时候,你愿意带着爱、温柔和好奇,继续试着和她对话吗?

即使你跨了一步,也愿意陪着你的　苏青

亲爱的苏青:

谢谢你看到我的力量,让我可以对自己多一些信心,你的陪伴也让我可以多一点安心地继续往前走。

我的确还想尝试和她说说话:

"你是谁?"

"我是你的伤,我是你的痛,我是你的愤怒,我是你。"

"你是我?不是!你不是我!你不可能是我!我从来都没有看过你!你,吓到我了!"

亲爱的苏青，我真的被吓到了！这个疯狂的、脏污的，但同时又充满了活力，甚至魅力……是的，有魅力的女人！一个有妖惑魅力的女人！虽然我不想承认这一点！我感到无比陌生。她怎么可能是我？

被吓到的　易晴

亲爱的易晴：

先不要那么快定义你自己，你的这趟心旅行不是正要去探索那个尚且未知的完整自我吗？记得吗？这是一趟由好奇带领的探索之旅，虽然未知，但也充满各种可能性呀！

不惊讶你是具有活力与魅力女人的　苏青

亲爱的苏青：

你的署名让我忍不住笑了！

我发现，笑真的有奇妙的力量！我不只是感到放松，我还可以开始离开左边在脓血中跳舞的女人，转而注意右边这个明亮温柔的世界。只是当我看着这个世界时，我的脑袋里跑出很多很多问号：

它是怎么出现的？

它是何时开始存在的？

我可以一直只待在这个世界里吗？

为什么这朵蔷薇会连接脓血大地？为什么我的意识出现

了对这个连接的抗拒？在我心底，又是什么拉着我完成了这个连接？

是因为我心底的力量渴望让两极相遇吗？它渴望整合？它渴望不再分裂？它渴望不再对立？一如前些日子我心底出现的那个声音：我想看看我的暗影？

这力量，是我内心的呼喊与召唤吗？

脓血，也可能是一种滋养吗？

答案究竟是什么呢？

还是会害怕迷路的　易晴

梦，走在她的意识之前

亲爱的苏青：

不知道为什么，最近我总是做一个坠落无底黑洞的噩梦。或者，与其说是梦，不如说它更像是真实：我总是在从沉睡中微微苏醒，且分不清是醒是梦的时刻里，既清楚地知道自己躺在床上，又感觉脚跟下的床面有一个很深的洞。于是我努力撑住身体让脚踝微微悬空，我害怕一不小心就会掉进那个不知道有多深的黑洞里。

这样撑住一阵儿后，已经苏醒的我理智地想："不会的！我现在不是在做梦，我在房间里，躺在床上，床上并没有黑洞！"清楚意识到这个真实事实的时候，身体已经撑得有一点累的我，开始小心翼翼地把脚轻轻放下，让脚落在安全的床垫上。可是，在我把双脚落回床面的那一瞬间，我立刻感觉自己正坠入那个无底黑洞！

那种不断地下坠、没有止境的可怕感觉总是让我立刻惊醒。就在刚刚，我又经历了一次这样可怕的历程。

现在的台北正是深夜，身旁的志远睡得很熟，我不想吵醒他，但我真的很困惑，也有点担心，为什么我会这样呢？这跟我最近的心旅行有关吗？

很想跟你说说话的　易晴

亲爱的易晴：

梦是通往潜意识的大道，走在意识之前，可以为我们带来启示。荣格认为，梦是精神系统自我调节的方法，通过梦，潜意识得以浮现出来，成为意识的向导、朋友与顾问。他还说，梦也是各种原型朝着个体化的方向发展，并且试图统一成一个和谐平衡整体的尝试。如果我们探索梦，将会完成整合意识与潜意识的使命。所以，梦的确很可能是潜意识在告诉我们，有事情要发生了，但是不一定是坏事。

坠入黑洞之所以让你害怕，是因为你以为那一定是负面的，会毁灭你。可是孩子，要记得是内在的力量在驱动你，让你渴望探看未知的暗影。这个梦，也许是潜意识在告诉你，你已经准备好了，可以去碰触它了。

我一直相信，我们的生命力与内在智慧充满了爱，也充满了力量，它们会在我们准备好的时候带着我们前进。另外，你还记得我跟你说过的"心旅行是一场双螺旋的旅程"吗？在我们螺旋向下前进的同时,也有一股相对应的力量,带着我们螺旋而上!

对于下一个阶段的双螺旋旅程,你期待吗?

下周我就要回来了,期待见到你以及你的下一张心画。

爱你的 苏青

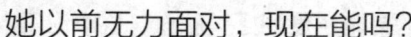

她以前无力面对，现在能吗？

"这次的心画真的太奇妙了！"易晴在电话里的声音仿佛还响在耳际，困惑焦虑中混杂了一股兴奋。"究竟是怎样的一张画呢？"坐在咖啡屋的一角，苏青不由得好奇了起来。

"你看！这是我这次的心画！"才刚坐下，易晴立刻弯身从袋子里拿出一本素描本，递给苏青，"这次面对空白画纸的时候，我觉得心底有一个声音在说：'我想要看那片脓血大地！'"

苏青一边听着易晴分享作画的整个过程，一边看着眼前这张心画。只见画纸的正中央有一个用紫红色、深咖啡色的蜡笔以凌乱有力的笔触不断循环旋成的一个椭圆形，外围则围裹、覆压着一道又一道浓重的黑色线条。相对于这个色彩浓重、沉郁的椭圆，在它的外圈，是一圈圈由淡黄色、粉白色、嫩绿色、天蓝色、橙色、鲜红色、亮黄色组成的同心圆。

"画完这些之后，看着这张我也不明白代表什么的心画，不知道为什么，我很想回到正中间的这个脓血椭圆上，我想帮它加上一点鲜艳或者轻盈的色彩。"易晴说。

苏青注意到，眉头微皱的易晴再度用了"脓血"这个词语，她没有开口，只是继续倾听易晴悠悠地叙说。易晴的思绪仿佛掉入了作画的时刻："我试了红色、橘色、天蓝色、嫩绿色……可是完全没有用！它好像和黑洞一样，所有明亮温柔的色彩都会被它吞掉，消失于无形！我还是不想放弃，于是继续在这个脓血核心上增加色彩，一支支不同色彩的蜡笔不断在我手中更换，我尝试着……慢慢地，我发现在这个脓血椭圆的微小细缝中，偶尔有橘色透出来。我用鲜红色蜡笔努力绕旋涂抹正中央的核心，渐渐地，一个看起来像暗红色的小圆浮现在我眼前。最后，我拿起黄色蜡笔，在这个核心小圆的正中央落笔。"

"这次，终于成功了！"易晴发亮的眼睛里闪着藏不住的兴奋光点，"在这个脓血黑洞的正中心，我终于画出一个黄色亮点了！"易晴脸上随之漾起的开心笑容像一朵橙黄色向日葵一样明亮！

"可是……"易晴的声音和笑容一起落了下来。她抬头看了看苏青，仿佛在确认苏青是否依然与自己同在。苏青看着她，给了她一个支持的眼神。

深吸了一口气，易晴才继续揭开这段让她惊异又困惑的心画历程："我整个视线都被黑洞正中央的这个黄色亮点吸引，但是当我凝视着它，我开始觉得有点头晕，有一种恐怖的感觉从心底升起，那黑洞好像有一种旋涡一样向下旋转的吸力，我感觉到手脚突然僵住，呼吸好像停止。那一瞬间，我整个人好像都冻结了！我被这个感觉吓到了，赶快用力地摇摇头，努力让视线不只关注中央的脓血黑洞，然后整张完整的图出现在我的眼前，我看见……"

"你看见？"在长长的安静倾听之后，苏青第一次开口。

"一只眼睛！"易晴睁大了双眼，"我看见我的这张心画是一只眼睛！而且它是一个彩虹脓血眼睛！"轻轻呼出一口气，易晴不自觉地释放着那股依然强烈的魔幻氛围与感受，"现在想想，'彩虹脓血眼睛'这个描述让我觉得很困惑，我不懂为什么它可以既是彩虹又是脓血，明明一个很圣洁，一个很肮脏，一个在天上，一个在地上，一个很美，一个很丑！我真的不懂！"

苏青听着，感受到启动大脑思考的易晴陷入了困局。她用一句探问把易晴引入了以心相应的模式里："不急，我们不需要急着找答案。轻轻地深呼吸，慢慢地吐气，让我们回到你的心画上。如果再看看它，你会看到什么？"

易晴依着苏青的指示，通过呼吸，让自己慢慢离开头脑中的焦虑，回到放松舒缓的状态。她睁开眼睛，静静凝视着她的心画。"我看到中央椭圆形的这个黑洞眼睛，"易晴的话语缓慢而轻柔，"这次换成眼睛正中间的黄色亮点吸引着我。"

苏青注意到易晴声音里有着微微的颤抖，她轻声问："你感觉那是？"

"它是'开光'！"易晴抬头，惊慌地看着苏青。

"你的意思是，就像民间习俗里雕塑完成的神像最后都要被开光一样，这个脓血黑洞眼睛也被黄色亮点'开光'了？"

"嗯嗯，没错，就是这样！我觉得很害怕，而且这个黄色亮点怎么好像比它周围的脓血黑洞更恐怖啊！"易晴的声音微微发颤，连眼神也满是不安和疑惧。

"你的意思是，这个外圈是平和美丽的彩虹，内圈却是浓重黑洞的彩虹眼睛，一旦被'开光'了，你不知道会看见什么。是这个让你觉得害怕吗？"苏青跟易晴核对、确认。

"嗯嗯，它好像有一股我完全无法预知的力量——巨大，而且不可控制！它好像一直在看着我，我的视线完全被它吸住了，完全没办法移开！好可怕！我好想逃走！"易晴紧闭双眼。

苏青感受到了易晴此刻强烈的害怕和无助。她放慢了语速，用更温柔也更坚定的语气稳稳地对易晴说："孩子，你担心这个无法预知、巨大到不可控制的力量会吞噬一切，所以一直以来，你才会这么害怕，你才会一直远离它。可是这次通过心画，你接触到它了。虽然你害怕得想逃，但是你记得吗，在画画的时刻，你一直不放弃，努力在这个脓血黑洞上增加色彩。我感觉到，在害怕的同时，你仍然有一股内在的力量。"

"内在的力量？"易晴随着苏青的探问沉静、放松了下来，她原本想否认，但苏青说得没错，她的确是在那个脓血黑洞上画出了明亮的黄色光点。

"是因为我想美化它吗,还是我想改变它?"易晴思索地说。

"还是,你想跟它对话?"苏青平稳而温柔地探问。

易晴的眼睛瞬间亮了一下。"是啊,我想跟它对话!可是,"易晴刚扬起的语调瞬间又降了下来,"可是那片脓血也让我害怕,让我想逃。因为,我不知道那里面究竟有什么。是过往的什么被我封藏在那里了吗?有我不知道的眼泪和伤吗?如果那时候的我无力面对,只能封存,那么现在的我就有能力面对吗?或者,这个脓血眼睛要带我看的,我能承受吗?"

在易晴一连串的疑问里,窗外不知不觉已是一片墨黑。流动的云影背后,一轮明月高挂,白色月光在云影间隙里忽隐忽现。

夜色,浓了。

一种更深的懂得在她心中化开

周六午后，在意大利餐厅里，轻快的音乐和食物的香气弥漫了整个空间。

"咦，最近怎么没有听你说你跟苏青的心旅行了？一切都还好吗？"艾莉一边把窑烤培根菠菜比萨送进嘴里，一边关心又好奇地问道。

只见易晴正在用叉子仔细拨开凯萨沙拉上的培根碎片——她一直对食物很挑剔，不爱的，不管别人怎么说她都不愿意碰。

艾莉不清楚她是在专心对付培根，还是在回避自己的提问。"到底怎么啦？"她追问。

"嗯，没有啦，就是，我想先暂停心旅行。"抬起头，易晴决定诚实面对艾莉，"很谢谢你让我认识了苏青，我也有很多收获，但是最近我真的觉得，其实不探索、不改变，也能继续生活啊！"易晴停顿了一下，小声补上一句，"而且可能更简单。"

"原来是这样啊！"艾莉的语气里多少有点惊讶，"这跟你那天说的那张'开光'心画有关吗？"

终于把培根挑干净，依序叉好萝蔓叶、小西红柿、一小片鸡胸肉，然后送入口中，之后，易晴点了点头。

"嗯……"才刚开口，艾莉原本急着分享自己的经验，想鼓励易晴，突然之间心念一转——等一等，如果是苏青，她会怎么说呢？停下了想要劝说的惯性反应，她说："嗯……我去一下卫生间。"艾莉一边走向卫生间，一边在脑海中回想了一下苏青跟她分享过的萨提亚心理学派著名的"内心冰山图"。

当艾莉通过这个地图来理解和靠近自己的内在时，她觉察到：易晴要暂停心旅行这件事让她在感受层面有了焦虑和担心，也在想法层面有了"我得赶紧推推她、帮帮她"的想法。这是因为在期待层面上，她有一个对自己的期待——我是一个能帮助朋友、为朋友好的人，然后在自我层面上，她才会是一个有"高自我价值"的我。

这些觉察和看见让艾莉原本的焦虑和担心开始慢慢沉淀下来，她在想法层面有了一个新的观点——这是她的旅行，不是我的啊！厘清想法后，艾莉忍不住笑了。她看见自己不知不觉中又过度涉入、过度承担了。这份觉察帮助她重新在心里划出她和易晴的人我界限，让自己可以好好地留在自己的位置上，感受安然的自在。她想起苏青跟她分享过的一句话："自己存在，对方也存在，这才是关系的美好状态和意义。"

站在卫生间的洗手台前，搓着手上的肥皂泡泡，艾莉心里有了新的声音："是啊，我不需要为易晴担心，她有自己的速度和历程，不管中间需要经历什么，我相信她有力量面对。我也尊重她为自己做出的选择，我只需要表达身为她的闺密对她的支持和爱就好了。"

抬起头，看见镜中的自己脸上挂着轻松的微笑，她突然懂了苏青的关系金句：关心，而不是担心。她利落地抽了张擦手纸，然后推开了卫生间的门。

回到餐桌上，艾莉不再重复过往的模式——因为自己的焦虑，明明是出于关心和爱的善意语言，听在别人耳里却成为充满压力的指责，或者不怀尊重的指导，让彼此在关系里接收到的不是爱，而是压力和委屈。她说："我知道你害怕，你也在想现阶段也许别的东西比较适合你。谢谢你跟我说这些，我感受到你很信任我，很愿意跟我靠近。这让我很开心也很珍惜。我想跟你说，无论你做什么决定，我都支持你，我都爱你。"停顿一下，艾莉真挚地说，"记得，我们是最好的朋友。不管未来的生活发生什么事，我这个'狐朋狗友'都会陪着你的！"

易晴心里刚浮现不知是感动还是害羞的情绪，又被艾莉的这句"狐朋狗友"逗笑了："没错没错，我们是狐朋狗友！一定要一直在一起！"

明亮的意大利餐厅里，两个女人开心地笑闹着。

在欢闹之外，易晴心里有着很深的感动，她真切地感受到了艾莉的改变，也对艾莉的改变非常感激。她知道，要是以前，艾莉一定会问个不停，然后是不断地念叨和劝说。虽然明知道她是为了自己好，但是有时候听下来真的压力很大也很烦！

易晴没把心里的感动和感谢说出口，她只是站起身，说："哎呀，不管不管，去接小蝴蝶之前，我一定要跟你用力抱一下！"

艾莉笑着起身，大大地张开双臂。

落地窗外亮晃晃的阳光洒进来，映着两个女人拥抱的身影。

"谢谢你，有你真好！"贴在艾莉的耳边，易晴终于说出她由衷的心声。

微笑地看着易晴走出餐厅，拦了出租车，上车前还频频挥手道别，独自留在餐厅里的艾莉轻啜了一口咖啡。随着口中回旋而起的咖啡香，她想起苏青跟她说过的这段话：

有些花，春天开；

有些花，夏天开；

有些花，秋天开；

有些花，冬天开。

记得，爱是愿意等待。

"爱是愿意等待。"艾莉轻声说出这几个字。一种更深的懂得在她心中化开。

一圈圈的涟漪，泛呀泛呀，泛成了一片美丽的湖水……

疲惫的两面生活

才刚醒,剧烈的头疼立即袭来,摇摇头努力睁开双眼,外面的阳光刺眼得让易晴整个人一惊:"糟了!几点了?我睡过头了吗?"她跳起来抓起手机一看,"天啊!快十点了!"急忙拨出电话号码,趁电话未接通前,她清了清刚起床还有些沙哑的嗓子。

"嗯,不好意思,我是易晴,我今天身体不太舒服,昨晚睡前有点发烧,吃了感冒药所以睡过了头。对啊,喉咙很痛,所以声音哑哑的,麻烦今天帮我请一天假,谢谢。"挂了电话,剧烈的头疼又袭来,她起身走到厨房,倒了杯水吞了一颗止痛药。

墙上的时钟当当当地响了十二声,独自坐在长桌前的易晴突然回过神来,端起眼前的咖啡轻啜了一口,才发现不知何时咖啡早已凉了。

"唉，这样下去也不是办法。"她沮丧地说道。这段时间，志远因为公司业务频繁出差，她只好下班就去接小蝴蝶回家，有时候公司忙，小蝴蝶就先在奶奶家住几天。

表面上生活一切如常，可是在看起来一切如常的表象下，只有易晴知道，事实不是这样的。没有人知道她的酒瘾越来越严重。不知从什么时候开始，下班回到家，只要是一个人，她就会忍不住开始喝酒，而且一喝就喝到整个人完全断片儿。她真的好怕那种感觉——早上醒来后怎么都想不起昨晚到底是什么时候睡着的，究竟喝了多少，怎么上床的，发生了什么事。这种完全空白的感觉让她不安。但她还是控制不了自己，甚至越来越频繁地找借口让小蝴蝶待在奶奶家。

以前她常常一边自责不是好妈妈，一边渴望有自己的独处时间，可是现在，她的独处不再是带来享受的放松，而是让自己害怕却又停不了的酒瘾。更何况这变成了一个恐怖的恶性循环。

为了隐藏这个秘密，她必须假装一切正常地去上班，强打精神让自己不出错；她必须假装一切正常地跟志远或者其他人相处、对话，压抑住因为身心疲惫而每每快要爆发的情绪；她必须对自己假装"我很好，一切都没问题"，即使她发现自己好几次心悸、喘不过气……

易晴知道再这样下去，无论是身体还是心理，她都快承受不了了。

端起重新冲好的咖啡喝了一口,暖烫醇厚的口感让易晴提起了些精神。

"我不能再这样下去了。"易晴起身走向书房,打开计算机,编写邮件,把自己这段时间的真实状况一一写下……

用自己需要的方式好好照顾自己

亲爱的易晴：

收到你的来信，谢谢你这么坦诚地告诉我你的真实状况。这不仅帮助我更了解你，也让我感受到你的靠近。我知道这对你来说不是个容易的新练习。我想跟你说：我很珍惜。

你的心悸和气喘好点了吗？其实我们的身心是相互影响的。例如忧郁症是在告诉我们，如果不重估自己的生命意义，我们将不知道如何活下去。身体的病痛往往是依然健康的那部分自我发出的求救信号，就如同你心底的那个声音，很可能它也是在告诉你：事情不能再这样下去了。

这些年我遇到过不少对酒精、食物或其他东西上瘾的人。其实上瘾真正的原因并不是被这些令人迷醉的物质吸引而无法自拔，往往是为了逃避现实。有些研究内在创伤的心理学家认为，成瘾行为是我们内在原魔借由他物，来诱惑自我远离与外在现实的搏斗。

我完全理解你为何需要暂停心旅行。在陪伴他人以及我自己经历的心旅行里,我深深地体会到一件事:看见,需要勇气和力量。年轻时,曾有一段时间,我的内心深处不知道为什么总有种很深的疲惫感,觉得整个人就像是被罩在暗影里。我记得当时心中回荡着一个呐喊:"我知道转过身就可以面对阳光,就可以把暗影留在身后,但是我好累,我没有转身的力气,我也没有面对刺眼阳光的力气。可不可以就让我先待在暗影里,可不可以先让我休息一下,等我恢复一点力气?我答应你,我会转身的。"

亲爱的易晴,就和旅行一样,如果疲惫了,我们可以停下来休息,不必急着往前赶路。这趟心旅行也可以完全按照你的节奏前进,因为有时候,暂歇也是前进时的一种必要调节。不用责怪自己,也无须评价自己不够勇敢或者其他。记得,我们在每一个当下都值得用自己需要的方式好好照顾自己。

在这同时,我也想跟你分享,你在心画里感受到的"开光"虽然让你臆测到伤的存在,但同时,我也看见了那是你内在力量的展现。这让我很感动也很欣赏,我相信那是你本心自具的纯净力量,如同黑夜中的明月,无论夜色多深,无论有多少厚厚的云层遮盖,它都始终存在,并且在每一个云层飘移的瞬间,以它柔美又明亮的月光,照破墨色的暗。

我感受到,此刻的你正处在心理学家所说的"一个转化与疗愈的开端",我喜欢把它称为"自我创造的历程"——我们重新与自己的生命力相遇,身体与心灵上的紧绷和痛楚逐渐缓解,重新找回失落的灵魂与心灵,开始更完整而真实地存在。

在暂歇之后,你是否愿意带着害怕与期待继续上路,为这样一个全新阶段的"自我创造"前行?

爱你的　苏青

我们既是陷入迷阵者,也是解谜者

亲爱的苏青:

谢谢你!读你的信,感觉就像见到你的人、听到你说的话,让我感受到温暖和爱,好像是一个满满的拥抱拥住我。你的文字里有理解,有接纳,有很深的允许和相信,而这些让我感觉充满了力量。

我愿意带着困惑继续心旅行。但是,我可以很诚实地跟你说,我在心画里看到的那个"开光"依然让我感到害怕吗?

矛盾、混乱的　易晴

亲爱的易晴:

我好奇的是,对你来说,"开光"的意涵究竟是什么?

据我所知,开光与神像有关:如果雕塑完成的神像没有开光,它就只是个雕像,但如果被开光,神像就具有"神性"。你的彩虹脓血之眼的"开光"是不是也有这样的双面意涵？有没有可能，它不是向下凿开地狱的黑暗血泉，而是向上推开神性的大门？或者，它是一扇双向门，不只通往伤，也通往力量？

亚努斯是古罗马神话中的一位神祇，他是掌管所有门与通道的神，既是所有入口的守护神，也是出口之神。在古罗马广场上，他的神庙就有两扇双开的推门，意味着拥抱对立的两端。希腊神话中的赫尔墨斯是为众神传递讯息的使者，他带翼的权杖上交缠着两条对立的蛇，一条含着毒液，另一条含着解毒剂。心理学家荣格说过，他既是疗愈的泉源，也是毁灭的泉源。

孩子，我们都习惯用二元的眼光来看世界，于是有了两极对立的区别。但是，整合了二元对立的合一，才是这个世界的实相。我记得，在我同样走过的两极整合旅程中，曾经写下这些文字：

我们的世界究竟是二元对立的还是完整合一的？

我有可能既是陷入迷阵者也是解谜者吗？

大脑的思维无法带我走出这个谜团，我能依凭的似乎只有画笔。然而，带领画笔的人又是谁呢？

是我吗？

但是怎么可能困惑的是我，清明的也是我？

尽管当时走在心旅行之中的我是如此困惑、迷惘、混乱、无助，但是在我走完那段旅程之后，我才明白，原来在心旅行时，即使在我们最混乱的时刻，我们内在都有一份灵性的力量带领我们，那是我们每个人心中都自具的自足、完整、圆满。

我们既是陷入迷阵者，也是解谜者。

我很爱的法国心理学家拉冈曾经说过，潜意识就是语言，它通过梦、画画等方式与我们相遇、对话。我很欣赏你听见了自己内在的声音，欣赏你愿意带着困惑继续走上心旅行。我也相信，你内在的力量会陪伴你一路前行。

我在外地的工作还没结束，如果你想继续用心画和书写的方式往下探索，也许你可以试试用这个句子引领自己：当黄色光点如同"开光"一般存在，环顾它四周的脓血黑洞，会看见什么？

谢谢你让我知道，我的文字让你感受到温暖与力量，对我来说，你的真诚反馈也帮助我更深地了解自己所拥有的美好力量。

最后，我想邀请你问问自己：就算有时困惑、害怕，你是不是也愿意随时给自己一个带着理解、接纳、深深允许和相信的大拥抱呢？

爱你的　苏青

我受伤了吗？它，是我吗？

亲爱的苏青：

"给自己一个带着理解、接纳、深深允许和相信的大拥抱"，你的这句话让我泪流不止。我好像才看见，是啊，一直以来我对自己都很严厉，我不断地鞭策自己，提醒自己，要求自己，我不允许自己不好，不允许自己放松，我也不相信自己。我真的好累，我真的想要抱一抱这个好累、好累的自己。

不知道为什么，此刻我觉得想要画画。我还不确定自己有没有勇气面对"开光"，我也没有力气继续看我的暗影，我只是单纯想要画画。我拿出画纸和蜡笔盒，接着，我画出了我的心画：蔚蓝广阔的天空上，几朵自由自在的白云飘荡，一只鸟展翅高飞。画面的右上角，暖橘黄色的太阳照耀着；左上角，美丽的七色彩虹高挂，月亮和满天的星星也在天空上。它们日里夜里交替闪耀、发光。

我喜欢这个画面！丰富，同时宁静；自由，同时温暖。看着这个画面，我的嘴角轻扬，心情舒服而愉悦。

可是，我感到，似乎这并不是真实完整的图像。凭着感觉，我拿起了黑色蜡笔。一条又一条利落明快的黑色短线迅速且直接地落在展翅飞鸟的左边翅膀上。我看着眼前的图，微微愣住：原本美好丰富、饱满如天堂的画面里，出现了一只折翼的飞鸟。那原本美丽、修长的翅膀就这样被硬生生切掉了将近三分之二！

我还是觉得这张图尚未完成。

我再度拿起蜡笔，这次是红色的。

在飞鸟的下方，我横向地画了一条长长的红色虚线。

多奇妙啊！我的心画再度被切分成上下两个区块。

我望着下方新出现的空白画面，继续落笔。

一片褐色大地出现了，四株绿色小草（或低矮植物）生长着，褐色土地里，四条黑色蚯蚓向着左边的方向蠕动。在最左边的一丛小草上方，一只橙色蝴蝶翩飞着。最后，一只天蓝色飞鸟向大地坠落。

亲爱的苏青，这只折翼的鸟是我吗？我受伤了吗？什么时候受伤的？

那只贴近大地的鸟，它是全然坠落，着地了吗，还是依然展开翅膀，正在挣扎着低飞，努力撑着就要坠地的自己？

它，是我吗？

内心充满疑惑的　易晴

第六章

寻找"我是谁"的冒险旅行

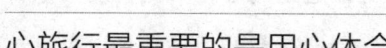

心旅行最重要的是用心体会

亲爱的易晴：

今天在书店晃荡时，我意外发现了一本《爱丽丝梦游仙境》的老版绘本。我感觉，这似乎是一个要分享给你的信息。

你还记得这个童话故事吗？爱丽丝在梦里跟着只有她看得见的兔子掉进了兔子洞，开始了一段寻找"我是谁"的冒险旅程。旅途中，困惑的爱丽丝问柴郡猫："你能告诉我，我该走哪条路吗？"柴郡猫笑得像个开悟禅师，说："这要看你要去哪儿。"爱丽丝："我不在乎去哪儿。"柴郡猫："那你走哪条路都无所谓。"

也许我们每个大人的心里都有一个兔子洞。当潜意识带领我们到兔子洞前时，它会与我们对话，温柔地跟我们说："是时候了。"

所有会让我们倍感折磨的混乱或恐惧都是一种迹象，有助于我们找出生命的失衡之处。此刻，我们活在与童年不同的"时区"。现在的我们，无论是身体还是内心，所拥有的力量都远远胜过童年时稚弱的自己，我们拥有新的力量，足以处理这些难题。如果能好好地看见这些力量，我们就有机会跨越旧时的障碍，为自己创造新的生命可能，获得自由。

我注意到，在你最新的心画中，你先画出的是上方广阔美丽的天空。这片容纳了星星、月亮、太阳、云朵、彩虹的天空，像是神界的宇宙，仿佛是你神性的父母。我们无法从人世间的父母那里得到的抚慰，在大自然的神性父母那里得到了。而这也呼应着你上一张心画里的椭圆形眼睛所蕴藏的"子宫"的意象。

至于画中下方世界的一些元素，我有一些初步联想。土地象征更踏实、更深的接触。折翅的鸟是朝左飞的，而左边往往象征自己的内在、无意识、自我。蝴蝶象征转化。草给人呼吸的感觉，它是一年生的植物，没有树那么结实，是刚冒出来的状态。草一共有四株，数字四象征稳定，因此这张画的笔触虽然看起来不是很有力量感，但似乎又具有一种"反转时刻"的感觉。蚯蚓在土地里向左蠕动、松土，是否具有继续往内探索的意涵？同样是用黑线条展现，但蚯蚓比"脓血狂舞者"和"开光"显得更轻松一些。红色虚线似乎是前面红色闪电的延续，但它的强度和尖锐度都柔和很多。

你的心画以及文字叙述是无意识和意识的结合——心画是

无意识的,发问是思维的、大脑的、人格面具的——也就是无意识透过画作在前进,意识还没跟上来,还停留在大脑的发问里。这个交错并存也许是你平衡自己的方式,只是要记得,和所有的旅行一样,心旅行最重要的是用心体会。

我们不急,你可以完全依着自己的速度。等你准备好了,欢迎你勇敢跳进这个已经"开光"——开始有光亮照进的黑洞,继续往前探索、旅行!

爱你的　苏青

早晨醒来,站在浴室里的莲蓬头下,哗啦啦的水声像极了从远方传来的雨声。

易晴记得昨晚入睡前再次看了一遍苏青的来信,合上眼却辗转难眠,疲惫到梦境来袭,她才终于睡去。

梦中,湛蓝天空中,洁白的云朵从一座高耸的山峰飘过,一位神采奕奕的灰发老人唤她同行,领她深入林间。两人一前一后沉默地走了很久。

夏日正午,树林沉静。走累了,老人在一棵老树根脉间的松软叶堆中自在地坐了下来,易晴也在不远处坐下。老人看着、听着、静坐,易晴也看着、听着、静坐。

在这片森林的深沉寂静中,静谧安坐的易晴开始感觉到宁静之中的隐隐活力:清风拂过皮肤的微微触感,传入鼻中的淡淡青草香,远方不知名动物的低鸣声……直到一只鸟飞掠而过,扑翅声打断了易晴。她睁眼，忍不住开口问道："这片森林究竟有多深啊？"老人望着她，眼里闪着光，带着笑意说："心有多深，它就有多深。"

易晴还在思索这句话时，老人起身拍拍身上的落叶，继续往树林深处走去。她起身跟随，全心期待，满怀某种神秘感，却一点都不害怕。

慢慢来，比较快

亲爱的苏青：

谢谢你跟我分享"伤与力量的双向门"和爱丽丝的兔子洞。你的智慧、创意和幽默就像黑夜里的闪闪星光，让我原本被黑暗笼罩的紧张、害怕的心逐渐放松了。你说得没错，"开光"就是光开始照进来，那里不再是漆黑一片。我想继续看看那个属于我的兔子洞，我想继续看看究竟我的心画会把我带到哪里。

隔了这么久，再次拿起画笔，感觉很奇妙，很熟悉又很陌生。我试着用你建议的这句话引领自己——当黄色光点如同"开光"一般存在，环顾它四周的脓血黑洞，会看见什么？

泡着，泡着——我让自己泡在那个脓血黑洞的黄色光点里——有东西开始慢慢、慢慢地浮上来，不是一个整体的画面，而是一个个单一的画面。我如实把心中逐一浮现的画面画了下来。

第一个是红色的心,里面涌出黑色的阴影。它是"恶心"。

第二个是红色与黑色交织的闪电。它是"害怕"。

第三个是四方形的墨黑密室。它是"恐怖"。

第四个是被困在暗褐色、紫红色与黑色的旋涡里。它是"脏、黏腻"。

第五个是红色的小人在奔跑。它是"想逃"。

第六个是红色的大大的"×"重叠着黑色的大大的"×"。它是"厌恶"。

第七个是在暗褐色与黑色的水流之下,只能靠着一根嫩绿色的叶茎或麦管呼吸水上方的新鲜空气。它是"不能呼吸"。

第八个是两滴水蓝色的泪水。它是"伤心"。

再度上路的　易晴

亲爱的易晴:

"开光"之后,你"看见"这些感受了!这个"看见",让你有哪些想法、心情,或是想起什么与你相关的事情吗?

爱你的　苏青

亲爱的苏青:

原来,在面对脓血的时候,或者更准确地说,当我泡在脓血里的时候,我的感受和状态是这样的啊!我的心情很复杂,感觉像是认亲（还是认尸？），既熟悉，又陌生，既感动，又害怕，既知道是亲近的（甚至或许应该抱一抱？），但同时又想拔腿离开。这感觉太奇怪了！

新奇，混乱，呆滞……

我想，我是被震慑住了。

心情复杂的　易晴

亲爱的易晴：

当你愿意好好看看自己，温柔靠近自己的时候，通过心画，曾经被你隐藏起来的东西，就开始被你一一辨识出来了。

孩子，别急，别怕，慢慢来。记得，你值得这样被自己温柔贴近和接纳。

再温柔地贴近一点，还有什么其他发现吗？

爱你的　苏青

亲爱的苏青：

当我继续看着这八个负面情绪，我突然觉得自己像是站在超市的冷藏柜前，或者，应该是恐怖片中停尸间的冰柜前，一整排日光灯射出冰冷的蓝光，照着上下两排八个单品："恶心""害怕""恐怖""脏、黏腻""想逃""厌恶""不能呼吸""伤心"。这些图画和词语都让我觉得很不舒服，也让我觉得很陌生。可是它们是那么活生生的，更重要的是，它们都是出自我的手!

这些,真的都存在于我的内心吗?

亲爱的苏青,我不懂!为什么我会对它们如此陌生?我到底忘记它们多久了?我到底是如何封存、冷冻它们的?我为什么把它们藏起来?

有好多好多困惑的　易晴

亲爱的易晴:

你的这些文字让我想起这些年,由我陪伴走上心旅行的那一张张面孔,甚至也包括我自己。无论是在工作中还是在生活中,我们都拥有一定程度的幸福和成功,"创伤"这两个字很难和我们联系在一起。但事实上,我们往往是把长大过程中的伤全然切割掉,以至于我们对它们感到全然陌生。就像你说的,你和某一部分的自己是完全隔离的。那些强烈的心痛、害怕、恐惧、绝望、不能呼吸被我们完全隔绝在自己的存储器之外,仿佛从来不曾发生。

然而我们终究还是无法否认、封存它们。它们终究存在于我们的身体和心底,它们让我们不自觉地以扭曲、错谬的方式活着。表面上安然无恙,内层已腐烂朽毁。我们不断远离自己渴望的方向,像是失去坐标的鸟,不断在空中迷航。

它们被我们切割抛出之后,飘浮在悠远的宇宙中。终于有一天,它们开始在梦里出现,在心的缝隙里浮现,召唤着我们。

于是此刻，亲爱的孩子，你终于和它们相遇了。于是你问了很多问题："它们都是从我的内在出来的吗？""究竟我忘记它们多久了？""我是如何封存它们的？"这一个个探问就像一颗颗闪烁的星，引领你向前，看见更完整的图像。不过在此之前，旅人也需要好好地休息。我们不急，先好好睡一觉。还记得心旅行中最重要的一句话吗？

慢慢来，比较快。

爱你的　苏青

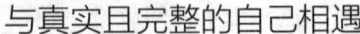

与真实且完整的自己相遇

亲爱的苏青：

　　今天当我拿出画纸，我感觉到自己再度想要聚焦在那片脓血上。所以我画下的依然是暗褐、墨黑、紫红的脓血，布满整张画纸的底部。当我停笔看着它，我注意到，虽然我的笔触仍然是循环绕旋式的，可是它们已经不再像之前那样凝止成椭圆形，而是向左右流动，延伸成一片大地。更不同的是，我注意到，这次的脓血里多了红色与橘色！

　　我把视线拉开，看着整张画纸。

　　继续落笔。上方的空白处，云朵自由地飘来飘去。左上方，一弯美丽但"虚弱"的彩虹高挂。天地安静。大地上冒出七株细小绿芽。

易晴

亲爱的易晴：

　　我很喜欢你说的"流动"。你发现了吗？当你开始接触负面情绪，那些纠结多年的郁积就微微松开了，流动了，不再僵死了。所以我常常说："别怕负面情绪啊！"

　　在这趟"与自在相遇"的心旅行里，"体会自己的感觉"是我们要寻回的一个很重要的能力。因为，我们开始靠近感觉，就是开始靠近自己，我们开始尊重自己的感觉，就是开始尊重自己。这就是爱自己，不是吗？

　　回到你的心画，你说你注意到这次的脓血里多了红色与橘色。这两种色彩让你有什么样的感觉？或者会让你联想到什么？另外，我想邀请你好好瞧瞧那七株小绿芽，你会有什么想法或心情？

爱你的　苏青

亲爱的苏青：

　　红色对我来说是爱，橘色是热情。

　　哇！难道我的这片脓血大地里，居然有爱和热情吗？这实在是太令人惊讶了！不过也让我感到温暖和感动。

　　至于那七株小绿芽，我想的是：它们会不会被这脓血大地吞没？还是，它们会好好地长大？它们会吗？

不太确定的　易晴

　　这一天，苏青和丈夫永浩从热闹的周末市集回到家。把各种新鲜果蔬放进冰箱后,苏青在书桌前坐下,打开计算机,对着易晴回复的邮件里提到的"红色""橘色""七株小绿芽"深思。突然,屏幕上跳出的"新邮件"消息提醒吸引了她的注意,她点击打开新邮件。

亲爱的苏青:

很奇妙的,上封邮件发出之后,不知道为什么,我心底突然有一个"想要继续画第二张画"的声音。该怎么说呢?就是一种还没有结束的感觉,于是我再度拿起笔。

一落笔,仍是一片大地,仍然掺杂着黑色、咖啡色、红色、橘色。可是这次有点不一样:这张画中的大地,红色和橘色变成超过一半的主体!甚至,土壤的上层还泛着黄色的光晕。

然后,在这片大地上,我画了一棵挺拔生长的大树——它的树干坚挺,树枝分权,叶片繁茂,成熟度不一,有深绿的、青绿的、黄绿的,地上还有或棕或黄的落叶,果实饱满硕大。

接着,我在树顶上的天空画下高悬的月亮——橘色的月亮泛着黄色的月晕,从左到右是一整排轮转变换的月相——从月牙到满月,然后再到月牙。

亲爱的苏青,我真的不明白,为什么我的笔下会出现这张画?但是,它真的好美,好有力量!看着这整张画,我感觉自己的心被慢慢地注入能量。

感受到能量的　易晴

亲爱的易晴：

你细致的描述让我觉得非常动人——你温柔地感受自己、倾听自己，这不就是爱自己的真正意义吗？而你说的"还没有结束"，也许正是你的心还想跟你说说话。你愿意再仔细看看那片大地吗？它和上一张心画里的大地是否有更多的不同？这些不同带给你什么样的感受或联想呢？

此外，说真的，我深深地被你画的大树吸引！亲爱的孩子，你知道吗，树具有陆地与天空结合的象征意义，它也象征着神性，也有光启和灵修的含义，比如佛教的释迦牟尼佛就是在菩提树下开悟的。你的这棵树真美，再多看看它，你会看见什么？

爱你的　苏青

亲爱的苏青：

我依着你的建议再次细细地看画中的脓血大地，我注意到，虽然仍有黑色的线条，但是更多的是红色与橘色。这片红橘色的大地让我感觉到温暖、热情，还有，生命力！是的，这是一片充满生命力的土地！这片土地表层的黄色让我感觉到阳光般的闪耀！

我尝试用你提议的问句向自己提问——有什么联想吗？让它不断在我脑中回旋、回旋、回旋……原本迷茫困惑如同大雾一样灰蒙蒙的，突然有道闪光，是"希望"！我想到的是这个词!

天啊!这片脓血的伤,也可能同时是希望吗?带着惊讶继续看着这张心画,我注意到了那些在大树树干上的黑色线条,它们像是伤疤,可是又仿佛支撑着树干与树枝。

等等,支撑?支撑意味着力量,对吗?怎么可能既是伤疤,又是力量呢?

当我看见了力量,我好像也发现,这棵大树既是稳定的,又是开展的。又是一个让我困惑的发现!难道,稳定并不意味着死亡?以前我一直以为,稳定和开展是对立的两极。难道,这其实只是我的误解?

亲爱的苏青,当我写到这里的时候,我感到好像有一大片开阔的新视野,一股充足又新鲜的氧气进入了我的肺。我感到,"稳定"这个词好像不再是抑制呼吸的沉重感,而是美好的支撑。

我好像再度看见,我曾经以为是冲突的对立两极,其实是同时存在的一体。会是这样吗?

好像既困惑又清楚的 易晴

亲爱的易晴:

你心画中的那一整排月亮,让我想起"月盈月缺,岁月流转"。这棵树,究竟经历过多少时光,又经历过多少次月盈、多少次月缺?在你的心画中,是否还有被乌云或厚云遮住的月亮？

　　无论是盈是缺，是现是隐，月亮一直都在。这也让我想起，在荣格心理学中有一种说法，叫作"月亮心灵"。它是指：人们常常习惯理性思维，也就是"太阳心灵"，可如果要通往内心黑暗、未知的领域，就需要通过沉思来运作抽象的或直觉的心，也就是"月亮心灵"。虽然月亮不像太阳那么亮，但晕黄的月光也能温柔地把夜色照亮。尤其，夜晚是较能接近非意识层面的时刻。你的"月亮心灵"，也就是阴性能量，展现出智慧，用美好的图像守护、鼓舞着你，也为你的身心注入力量。

　　这张心画就像你内在智慧的预示图——你挣扎着探索暗影时，负伤的脓血大地上冒出七株细小的绿芽，你继续在这趟探索与整合的心旅行中勇敢地跨步前行！

　　亲爱的孩子，看着你的"圆满大树"，我的心里充满了感动。从心理学上来看，当我们走在复原或者整合的路上时，往往必须探索原本被我们厌弃或压抑的暗影。这趟接触暗影的旅程，就像我之前跟你提过的"双螺旋"或者"双向门"，同时会带着我们遇见光亮和力量。现在，你的心画正展现出这个信念！

　　当七株小绿芽脆弱地在脓血大地上挣扎生长时，当你害怕、担忧地问"它们会慢慢长大吗"时，你的心，像是在守护、鼓舞着那七株小绿芽，也像是在回答你的疑虑：它带领你预览这趟旅程的未来图像。接着，这张心画又引出你的自问自答，帮助你在问答之间扩增视野，滋长出与过往错谬、扭曲的观点截然不同的认知。

看着你如此珍贵、美丽的历程，我想起荣格说过，唯有个体的真实本质握有疗愈的力量。这个真实本质就是本我，或者说自性，是一种在自我操控范围外的超个人力量，我们可以感受得到，但不容易定义它。

荣格说，自性是我们的人生目标，因为它是个体命定组合的最完整展现，我们称它为个体性。当自性象征对立面之间的结合时，也可能以二元性的结合作为展现。譬如阴阳相推的道家阴阳图、敌对的兄弟组、英雄和他的对手（例如魔王和龙族）。因此在经验上，自性似乎是一场光和影的比赛，尽管它总是被认知为一个对立面相互依存的整体或统一体。

我认为，心旅程就是荣格所说的个体化历程。在这趟旅程中，我们并不是要成为更好的自己，也无须改善自己，甚至也不是前往与自身相距甚远的目的地，而是向内转化，重新看见真相、领悟真理，与真实且完整的自己相遇，重新回到真正的家。

是的，这是一趟回家的旅程。我看到，你的本我正以智慧的光引领你，甚至它在你感到脆弱的时刻先为你预示一张终点的美丽图像。看到这张预示图，你是否愿意在这趟心旅行里继续冒险前进呢？

爱你的　苏青

我决定靠近我的愤怒

亲爱的苏青:

你可能不明白你上一封信带给我多大的力量。从小,我就感情细腻又敏感,这让我总是显得和别人特别不一样。我一直很羡慕那些个性大大咧咧,总是理性,不会情绪化的人。渐渐地,我也开始这样锻炼自己——不再用文字抒发感受和心情,也刻意让自己看起来理性、利落,隐藏甚至砍掉细腻、敏锐的一面。

亲爱的苏青,我真的不想要我的细腻和敏感,因为它们总是让我显得怪异又孤单,让我那么受伤、那么痛苦。可是你说的"月亮心灵"深深触动了我,你让我想起我曾经也有这样一颗温柔细腻的心。它其实也很美,对吗?而且,通过你的看见,我才发现,原来它没有丢掉我!即使我这么讨厌它,即使我长久以来不想理它,它仍隐隐陪伴着我,甚至在我感到最虚弱的时刻,温柔地为我照亮那么美的圆满大树的图像!我觉得很感动,也感到力量流进了心里。

不知道是否和这样的体会有关系,今天当我想继续用心画深探自己的时候,我听到心底有个声音说:"我想画愤怒!"我觉得很奇妙,我还清楚地记得,之前"开光"的那张画让我想逃开这趟心旅程。可是现在,我却听见心底的声音清楚且坚定地说:"我想画愤怒!"我好像感受到自己心底多了一股力量,让我能够直视我的愤怒了。我不知道这段日子以来,是什么滋养了我,给了我这股力量,但是我珍惜它。我想带着它继续往前走。

面对空白的画纸,右手在各色蜡笔之间游走。选定红色,开始落笔。一道,一道,又一道,如火焰的意象开始展现。火焰中间的核心之处,暗黑与紫红色开始重叠而且不断强化。画着画着,突然,我的心底浮现一种感觉:它,怎么像是一朵莲花?我意识到,我并不想直接跳进圣洁莲花的世界,再一次,我感到自己想在暗影里停留。于是拿着红色蜡笔的手继续用力下笔,一笔,一笔,又一笔,火焰越来越炽烈地燃烧。

突然之间,我清楚地感觉到心底有一个声音浮起,是愤怒在说话:"你不可能忽略我的存在!你不可能看不见我!"几乎是同时,我感觉到心底另一个强烈的声音爆出,我不自觉地拿起了黑色蜡笔,用力地在燃烧的火焰上画下一个大大的"×"!"我不要你!"我的心大声喊出这句话。

亲爱的苏青,当我看着我的心画以及画完之后立刻写下来的这些文字，我感觉到我的手和我的心仍在微微地颤抖。我的"燃烧愤怒"也是一朵"圣洁莲花"吗？我想起之前心画中出现的粉色蔷薇、彩虹、蝴蝶……亲爱的苏青，我真的不懂，为什么我的暗黑画面总是很快就连接到这些美好圣洁的意象？

疑惑的　易晴

亲爱的易晴：

你说"我想要继续深探"，所以那不只是探看，还要深挖，而且这样才看得到，是吗？

你说"我不要你"，你不要你的愤怒，是吗？你是什么时候说出这句话的？你又是在什么时候决定丢下自己的愤怒的？

爱你的　苏青

亲爱的苏青：

"还要深挖，而且这样才看得到，是吗？"你简单的一句话让我心底一震。是啊，我的愤怒竟然埋得如此深，所以我才会一直碰不到它，居然要经过八张画，我才能见到它。

我感受到，当我说"我不要你"的时候，心里既坚决又哀伤。你问我，究竟是什么时候，我决定丢下我的愤怒。我真的不知道！不过现在想想，其实在生活里它偶尔也会出现，而且每一次都出现得非常突然，剧烈的程度总是吓到别人，更吓到我自己。比如昨天早上我开车去上班，路边一辆车突然没打方向灯就开出来，我急刹车后气得下车。然后，我爆骂的模样就像泼妇骂街。我觉得自己可以生气，但是这次失控暴怒的程度真的吓到我了。我想，我是真的需要好好看看它了。

易晴

亲爱的易晴：

在以整合为主题的心旅行中，我体会最深刻的一点就是荣格的这一观点：阴影就是我们不想成为的东西。所谓阴影，就是和我们有关，却不被我们接纳，进而被否认、压抑到最底层，不被我们觉知的部分。就像你经历了八次心画才接触到的愤怒。

阴影最早来自他人，包括原生家庭、社会、国家，甚至更久远的远古原型或文化。但阴影其实不是全然负面或带有伤害性的，它不单有黑暗的一面，也有光明的一面。它甚至是长期遭到埋没或是未被察觉的潜能与宝藏，是我们尚未活出来的生命力量与自我。你的那份想要继续探看的驱动力和即使害怕也仍然存在的勇气，也许正来自过往受到压抑的自我的觉醒。

我回想起，在下笔画第四张画前，你感到内心发出呼喊："我想要看那片脓血大地！"画第四张画时，你看见了彩虹眼睛，但更想停留在中心的黑洞眼睛中，之后有了"开光"。而这一次，你同样感到自己仍然不想直接随着圣洁莲花的意象走。亲爱的易晴，我很好奇，这几次相似的共振点背后，回荡的是怎样的力量？那震波的核心又是什么？

此外，我也要跟你分享，当我们倾听内在声音的时候，自由书写也是一种值得尝试的方式。在我的经验里，这种方法能够让我们避开大脑的屏障，和我们的"月亮心灵"接轨。方法很简单，就是把心专注在单纯的探问上，然后放松，让你的笔带领你书写。不需要分心去组织、修饰句子，内心浮现什么就写什么，重点是不要停。

记住，这是一个游戏，不是一项任务。好奇，永远是心旅行的最好旅伴。

爱你的　苏青

亲爱的苏青：

天啊！照着你建议的方式，我开始试着自由书写，但我完全没有想到，我的笔居然会自动写出这些文字：

不要再把我带走，我想要出来！

我跟他们一样美，请你看我，请你跟我在一起。

请你认出我，认识真正的我。

我不是你一直要舍弃的那个你，

我是更多的你，更真实的你，我是同样有力量的你。

更重要的是，我是你！

你不可以再忽视、掩盖、埋藏我，我该活出来了。

我是更好的你，我会陪着你走人生未来的路。

你需要我,你也渴望我。

在你人生的这个阶段,我们终于可以相遇了。

请,让我出来!

请,看见我!

亲爱的苏青,当我看到这些文字的时候,除了惊讶,我的眼泪也不断流下。我感受到,那是愤怒的眼泪——那么狂暴的它,却也那么委屈、那么受伤,甚至,它很温柔、很善良。我想起你带领我第一次与两极相遇时的那只猎豹,它也是心碎地说:"我是她的有着绵羊心的猎豹。"

亲爱的苏青,我想靠近我的愤怒。我想摸摸它、安慰它。我不知道过往我是这样对待它的,我更不知道,这样对待它竟然让我自己的内在受到这么大的伤害!因为,我发现,它的眼泪,其实也是我的……

易晴

当情绪开始流动,生命也开始流动了

亲爱的易晴:

在充满个体意义的心旅行中,对于自己原本厌弃、不接受的阴影,我们开始不再消极地逃避,而是以新的、积极的角度看待它的存在。阴影原本就是灵魂无法割舍的一部分,它只是记录着我们内心的伤。

这些年,我也一再见证,当我们开始让情绪流动,生命也就开始流动了。就像此刻的你,开始接触被你深埋的愤怒,与它对话,你终将看见它更完整、丰富的样子。

你愿意继续倾听它说话吗?

爱你的 苏青

亲爱的苏青:

我完全没想到在这趟探看未知暗影的旅途中,居然会遇到我的愤怒，我很惊讶，也很心疼它，我想继续听它说话！

我再度拿出画纸和画笔，我想知道，它还会通过心画跟我说些什么。

这次我毫不迟疑地选择了红色。

一道，又一道，再一道……是燃烧的火焰！一道道清晰、强烈的火焰冲天狂舞着！不同的是，不像上一张有暗黑、紫红色，这一张只有纯粹的红，而且也没有飞溅灼人的火星。它的狂舞里好像有一种脉络，从同一个源头而起，如叶脉伸展，向上狂舞。

画完一次，我觉得还不够，于是继续落笔、覆盖，笔触更浓厚、更粗重，火焰逐渐蔓延至整个画面。画着画着，我的心底突然浮出一个意象——菩提叶。它怎么像是一片菩提叶？心底浮出的这个意象让我微微愣住。

"等等！不要因为这个菩提叶而转移方向，不要就此停住！请让我继续说话！"我的心这么呼喊着。手通过红色蜡笔强烈地宣泄着，红色的火焰继续炽烈地燃烧，我感到一股快感。当内在强烈的力道全然释放之后，我放下笔，把这张《燃烧的愤怒》拿起来，然后拿远一点，看着它。

看着它强烈跋扈的红，看着它恣意张扬的线条，看着它活生生的姿态……看着看着，突然之间，我怎么觉得，眼前这片燃烧的红色火焰转变成了一个新的意象——一件红色的长蓬裙！

随着红色长蓬裙的意象，我心中浮起了其他画面——原来，这火焰其实是一个穿着红色长蓬裙的女人啊！她仿佛在跳舞，裙摆飘扬。她是个活生生的女人！她充满了魅力，充满了自在流动的魅力。风吹动她的裙摆，音乐在周围响起，她如此优雅，又活生生！

我把手上的心画上下颠倒，果然看见了一件红色礼服裙。

亲爱的苏青，我该画下这个女人吗？

迟疑的　易晴

亲爱的易晴：

跟随你的心吧！我相信，它正带你开启另一个阶段的旅程，我会陪伴你一起前行。

爱你的　苏青

和内心的小女孩相遇

亲爱的苏青:

"跟随你的心吧!"我仿佛可以听见你说这句话时的声音和语气,那么和缓、温柔、不疾不徐。不自觉地,我重复着这句话,我感到自己的呼吸慢了下来。拿出画纸,我试着把心里的那个红裙女人画出来。

在画纸的中间落笔,我开始往下,画出红色的长款蓬蓬裙。多奇妙啊,它是我上一张心画里燃烧的愤怒。然后我逐步向上,在我的蜡笔下,一个头戴黄色皇冠、长着红色长发、裙底还盛开着花朵的女孩逐渐成形。嗯,我要承认,原本我想在裙子底端画上一双漂亮鞋子,但我觉得会画得很丑很怪,所以我改画花朵。接着,我画下了女孩背后的绿色高山、两只飞鸟和两朵飘游的云。再回到女孩身上,她有湛蓝如海水般的双眼、张开的双臂和红色的微笑。

我看着这次完成的心画，情不自禁地绽放了笑容，心想："是一个被大自然包围、陪伴的快乐小女孩啊！""咦，不对呀！"我在心里惊呼，"怎么会是小女孩呢？"

亲爱的苏青，原本在我心中浮现的明明是个女人，我也准备好要画一个穿红色长款蓬蓬裙的优雅女人，可为什么画出来的是一个小女孩呢？这到底是怎么回事？

充满疑问的　易晴

亲爱的易晴：

也许，过往你太急于长大了。现在我们不急，好好地陪着自己，好好地陪着那个还是小女孩的自己。

她出现了，即使原本你遗忘了她，即使原本你又要跳过她，直接去看成熟的女人。但是，此刻你的小女孩正张开双臂，带着红色的微笑走向你。而你愿意听听，究竟她想跟你说些什么吗？

爱你的　苏青

亲爱的苏青：

你的话又让我的眼眶泛红了，这个小女孩，我遗忘过她吗？我又不自觉地要跳过她吗？我明明没有这个意思啊，但是为什么好像我很自然地就会忽略她呢？不过，不管怎么样，这次我愿意陪陪她，我愿意听她跟我说话。

我该怎么做呢？

不知该怎么做的　易晴

亲爱的易晴：

孩子，别担心，心旅行里有各式各样的路径，可以带领我们看见各种不同的美景。去找一张你小时候的照片，一岁、三岁、五岁的都可以，然后选一个不会被打扰的独自空间。为了减少干扰，你可以把灯光调暗，或者点上自己喜欢的香氛蜡烛，放一段轻柔的音乐。

准备好之后，坐下来，和照片里的那个小女孩面对面。在这个宁静、放松的空间里，不用急，也不需预设什么，就是温柔地看着她、关心她、靠近她，看看你们之间会有什么样的连接或对话。如果你真的不知道该怎么开始，可以用"我想跟你说"作为开头。

这是一段属于你和你的小女孩相遇的旅程，就像我们向外出发，到任何秘地圣境的朝圣之旅一样，既独特又珍贵。期待你旅程归来的分享。

爱你的　苏青

为什么你觉得自己不够好？

这是一个难得可以放松、独处的安静夜晚。志远出差了，小蝴蝶吵着要跟难得回来的堂姐弟一起住在奶奶家。易晴捡起散落在客厅地板上的一只只玩偶，走进小蝴蝶的房间，淡粉色的空间里满是小女孩甜甜的气息。

墙上的吊线随性地挂着一张张涂鸦——一只可爱的卷尾巴绿色蜥蜴、一群下雨天开心玩水的小孩……易晴看着，脸上满是笑意。突然之间，一张画吸引了她的注意，在小蝴蝶稚气、灵动的笔触下，活泼的色彩展现了一个开心的小女孩和身旁的一只兔子一起玩跳绳的画面。易晴想起了自己的兔子——那只少了右手臂，却仍然戴着皇冠开心微笑的兔子。

"你的小女孩正张开双臂，带着红色的微笑走向你。而你愿意听听，究竟她想跟你说些什么吗？"苏青的声音再次在心底响起。轻轻吸了一口气，像是做了一个既温柔又勇敢的决定，易晴跟自己说:"是时候和你说说话了。"

刻意调暗的昏黄灯光下,安静的空间里流淌着轻柔的音乐。易晴坐在一张和室椅上,她的对面摆着一张照片,一个大约三岁、坐在地上玩得开心的小女孩正向她咧嘴大笑。

看着这张翻找了好久才找出的照片,易晴感觉既熟悉又陌生,心底好像有千言万语,但又生疏得完全不知从何说起。她想起苏青的提点,开始尝试着说出:"我想跟你说……"没想到尝试几次之后,就像启动了魔法开关似的,一句句从她口中倾泻而出:

"我想跟你说对不起,我一直都把你忘记了。"

"我想跟你说我很想念你。"

"我想跟你说其实我很爱你。"

……

说着说着,易晴开始哽咽,眼泪也开始簌簌流下来。她不明白自己究竟为何哭泣,是伤心吗,是想念吗,是抱歉吗,是心疼吗,是委屈吗?有这么多的情绪,她实在无法辨认,只有怎样也停不住的眼泪。她只能通过如同被雨幕遮住的迷蒙视线,看着照片里的小女孩,看着她单纯无邪的大笑,看着她朗朗如星的明亮目光,看着她眉眼间的一片天开地阔。"多么美好、自由、明亮、完整的一个小女孩啊!"她慢慢收住泪,打从心底由衷地赞叹、欢喜着。照片里的小女孩没有回话,只是用天真的目光跟她对视。

慢慢地,易晴的注意力转移到小女孩黑白分明的眼瞳上。在那里,有如同天空一样纯净的天真,这让易晴不自觉地放松,微笑起来。然后,她仿佛听见了小女孩开心的声音:"我很高兴你找到我了!我没有生气,我不会怪你现在才想起我。谢谢你找到我!"

易晴继续看着、看着……小女孩干净的眼瞳里好像有浮云轻轻飘过。她突然认出,那些浮云是小女孩的困惑心思,它们化成一句一句童稚而单纯的声音,在易晴的耳边探问着:"可是,为什么你不爱我?为什么你会觉得我不够好?"小女孩的表情单纯又困惑,但丝毫没有指责的意思。

易晴瞬间泪流满面,她突然懂了。这么久以来,她一直渴望别人爱她,一直渴望"即使我不好,也要有个人依然爱我"。她一直往外渴望了那么久、那么久,但其实,她自己根本不爱眼前这个三岁的小女孩。

"对不起!我忘了你是如此的美好。"

"对不起,我一直希望别人爱你,我却忘了爱你!"

"谢谢你一直爱我!"

"我不会再忘记你了!"

"我会把你放在心里,好好地带着你,和你一起往前走。"

……

银白色的月光照进房间,照在墙上一张张笔触天真的涂鸦画上，照在画中和兔子一起开心跳绳的小女孩的灿烂笑容上，也照在易晴的身上。

这夜，在无声中，轻吐着温柔的密语……

第七章

爱与伤

创伤是为了觉醒,这样才能走出蒙昧的舒适圈

亲爱的苏青:

和小女孩对话之后,我想试着再去见见她——我心中那个穿着红色长款蓬蓬裙的成熟女人。

笔落下。先是侧脸,接下来是盘起来的头发、眼睛、脖子、胸线。当起伏的胸线在我的笔下出现,一股强烈的情绪突然从心里涌出,眼泪竟开始簌簌落下。我真的太困惑、太惊讶了!这究竟是为什么?我怎么了?我完全不明白!

过了一会儿,我感觉自己汹涌的情绪开始回归稳定,可以继续往下画女人的身体了,但没多久,我又停住了。因为……因为,我画不出她的双手!

我看着画纸,感觉自己处在一个巨大的、困惑茫然的泡泡里,直到另一种感觉在我心底浮现,不是关于这个女人的手,而是这个女人的对面,站着一个男人!

随着这种感觉的出现,我的画笔再次落下。先是一个男人的侧脸,接下来是脖子、身体,然后是他的双手。很奇妙,我居然毫无困难地就画出了他向成熟女人伸出的双手!

画完这个原本完全在料想之外的男人之后,我再一次回到成熟女人身上,想尝试画出她还没出现的双手。但是,我还是完全卡住,画不出来。

画笔转向女人的红色裙子——一条如花朵般优雅绽放、耀眼的红色长裙。

接着,我画出了男人的蓝色长腿、深咖啡色鞋子。我发现,他站得非常坚定,如同稳稳的大地。

这张画几乎完成了,只是还缺女人的双手。

我第三次尝试回到女人未画完的手,迟疑了很久,却还是画不出来。我决定不逼迫自己了,就此停笔。

亲爱的苏青,今天的心画让我的心中浮起许多问号。

问号一:手象征什么?是力量吗?为什么我画不出女人的手?

问号二:我以为要画的是一个成熟女人,没想到,却画出了面对面站着的一男一女,这又有怎样的意义?

问号三:手的意涵是指与他人的连接吗?我久久无法决定怎么安置她的手,是因为我不知道如何与他人连接吗?

问号四:为什么画这个男人时,我没有停顿,没有困惑?他是指志远吗?这张画是要跟我说我的亲密关系吗?我找不到答案，我好困惑。

好像又陷入谜团的　易晴

亲爱的易晴：

看着你的心画和文字，我仿佛也跟着你走了一趟奇幻的探索之旅。别担心这些自我探问的问号越来越多，因为它们是一块块珍贵的小宝石，会带领你走进属于你的辽阔森林。

你问我，这张心画是否要带你进入亲密关系的主题。有这个可能，但是也可能依然和这趟心旅行启程时的主题——对立两极的相遇——有关。正如荣格所说，你的自我要和你的阿尼姆斯——你心中的男性意象，相遇、整合。无论答案是什么，我们不急，只需要慢慢前行，看看一路上陆续向你呈现的会是怎样的风景。这样的未知感，不也正是旅行中最美的部分吗？

你的这张心画让我更好奇的部分是：她是一个没有双手的女人。这不但让我联想起之前你选的那只缺手臂的兔子布偶，更让我想起了《格林童话》中的一个故事——《没有手的姑娘》。

从荣格心理分析的角度看，《没有手的姑娘》这个故事正是一个女人行旅一生、不断更新自我的一段漫长的心灵旅行：最初，在昏沉中做出错误的交易，放弃自己最可贵的珍宝，换取看似安稳实则脆弱的东西，从此开启了一段梦游般的生命——看似醒着，其实是睡着的。

故事里少女意外失去双手也隐喻"创伤是为了觉醒,这样才能走出蒙昧的舒适圈,潜入心灵蜕变之旅,让内在的阴性本质与阳性本质合一"。这是不是非常巧合地呼应着你由冲突两极开始启程,却意料之外地开始探看暗影的这趟心旅行?有空的时候,不妨看看《没有手的姑娘》这个故事,我想,她应该和你有所连接,也很可能带给你很多启发。

再过两天我和永浩就要回台湾了,也许下周我们可以安排碰面的时间,一起探索。期待和你一起继续旅行、解谜。

爱你的　苏青

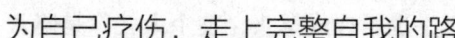

为自己疗伤，走上完整自我的路

周末午后，大大的落地窗微微开启，徐风吹进，浅绿色的窗帘轻舞，阳光从窗户透进来，洒在光洁的木地板上，地板上铺着一张用碎布拼缀而成的小地毯。

易晴面前放着一张画，画中那个与男子面对面站着，身穿红裙的女人依然缺少双手。"这两天我一直在想一件事：为什么画到这个成熟女人的胸线时，突然有一股悲伤的情绪从我心底涌上来，然后不知道为什么，眼泪就掉了下来。"她说。

"有什么画面浮现出来吗，或者一段回忆？"苏青温柔地问。

易晴不自觉地眉头微皱，苦苦思索，然后说："没有，我找不到任何线索，也想不起有什么相关的记忆。"

"女人的胸部通常是母亲喂养婴孩的源头，不知道这个意象是否让你有一些联想。"苏青说。

茫然的神情浮现在易晴脸上，她困惑却诚实地说："我不知道……"可是就在最后一个尾音里，苏青注意到易晴微微颤抖，眼眶红了，泪水逐渐盈满她的眼眶。接着，只见她双眼紧闭，眉头紧蹙，放在膝头的双手也紧握成拳头，整个人就像是陷入一股内在的强大风暴中。苏青看着这个突然的变化，安静、沉默地陪伴着易晴。

泪水从易晴紧闭的双眼中流下，她不自觉地用左手轻轻捻起垂落在左胸前的一撮长发，仿佛由潜意识带动一般，无意识地来回搓捻着……时间一秒一秒地流过，苏青不急，只是陪伴，她看着仍然闭着双眼的易晴开始渐渐调整呼吸，慢慢地松开紧握的拳头，最后缓缓地睁开了眼睛。

一睁开眼，眼前的苏青安定坐着，眼神里透出温柔和关切。苏青的安定带给她力量，易晴开始缓缓地叙说："刚刚我突然感到身体里好像有一股黑色的浪潮，一波又一波黑色的大浪不停地打上来！我只能紧闭双眼，等待着这波黑色浪潮退去。我真的不知道我怎么了。"

"你不知道为什么，可是你的眼泪已经流出来了。心里有浮现什么画面吗？"苏青问。

"有，好像是……一个很小的我被妈妈抱在怀里喂奶。"易晴答道。

苏青点点头，然后说："是啊，那时候，你真的太小了。"

这句话竟像是一个解锁密码，瞬间打开了易晴的心牢。眼泪再度落下，易晴哽咽着说："是啊，我真的还太小了。"话音才落,一个画面突然从她心底深处浮上来。易晴再度紧闭双眼,双手紧握:"我看见,那是一岁多的我,被放在一个长方形的围栏小床里,我扶着木栏杆站着大哭,可是妈妈不来!妈妈说:'你不可以任性!你要懂事!你要体谅我!'"易晴的呼吸变得急促,胸口剧烈起伏,"可是,我真的需要她呀!我是真的需要!我不是任性!我是真的真的需要她啊!"原本的哽咽已不足以表达情绪,海量的泪水流了出来,之后是深深的哀号与痛哭,仿佛不知道究竟被深压了多少年的委屈和自我压抑,都在这一瞬间爆发开来。

苏青也不禁红了眼眶,她安静地陪伴易晴。易晴在经过如螺旋般往下深探的漫长历程之后,终于碰触到自己潜压在生命最底层的痛苦、受伤和委屈。苏青想起之前好几次与易晴一起探索心画时,自己都试着对易晴提出这样的探问:"所以你感到生气,是对爸爸妈妈生气吗?"

每一次,易晴都是既迅速又斩钉截铁地否认:"对我爸妈生气?当然没有啊!他们对我们几个小孩付出得非常多。如果我爸妈拥有的是一百分,那么他们付出的就是一百二十分!我怎么可能对他们生气?不可能!"

苏青每一次听见这答案时,就会放缓旅行的速度,不再企图向前推进,只是接受并陪伴易晴否认、澄清。她安然地给出具有涵容性的静默与一方允许、接纳的空间。因为这么多年来,她深刻地知道,最让我们痛苦的,往往不是纯粹的只有伤害的关系，而是那些夹杂着爱与伤害的关系。它们往往让我们更困惑，让我们更不知道该怎么办。如果那份爱里同时带着巨大的牺牲与付出，我们将更难承认伤害的存在。于是，我们只能遗弃真实感受到痛苦的自己，否认地说："怎么可能有愤怒？不可能有愤怒！"我们就像是杀死自己的一部分，然后努力地继续活下去。

此刻，苏青知道，易晴看见的画面未必是全貌，这样类似的伤也并非只是单次的事件，而是在她成长过程中一次又一次不断重复地出现。但至少，这个伤已经被允许浮现。这一刻，易晴的眼泪与哀号正是"苏醒与新生"的珍贵历程——她开始与那个一岁多的受伤的自己连接，看见自己的伤，承认这份伤，开始哀泣自己的疼痛与委屈。同时，她也开始为自己疗伤，走上完整自我的路。苏青知道，这朵疗愈的花需要经历更长的时间，才能从种子萌芽，到慢慢成长，最终绽放。

易晴渐渐平息下来，一边抽抽搭搭地试着稳住自己，一边用浓重的鼻音说："我觉得，每一个小孩的长大都真的好辛苦！大人真的很残忍！他们决定一切！"

"你体会到那个一两岁的小小易晴的心情了？"苏青问。

"嗯，"泪水再度盈满易晴的眼眶，但这次易晴也有了一些力量，"我觉得很生气！我气妈妈！我气妹妹！我也生自己的气，我必须要依靠别人！我再也不要依靠别人了！我讨厌这种要依靠别人的感觉，我哭、我求、我真心表达，都没有用，最后只有痛苦、失望、伤心陪伴我。"

"所以，从那时候开始，你就决定不要依靠别人？从那时候开始，你就练习独立和坚强？从那时候开始，你就知道，靠近人是危险且痛苦的？"苏青的一句句探问像是墨色夜空中的一颗颗星星，闪呀闪呀，闪在易晴的心中。

你承受不了的，值得好好疗愈

哭泣过后，易晴沉浸在释放后的放松和缓慢里。接过苏青递过来的一杯洋甘菊花茶，她缓缓地开口道："你知道吗，很多女生都有一个开咖啡屋的梦，但是我一直都不想，因为我很讨厌那种'坐在那里等待别人上门'的感觉！我要当那个可以去不同咖啡屋的人。"

"之所以跟我说这个，是因为？"苏青好奇地探问。

"现在我才明白，其实那是因为很小的时候我就已经知道，等待别人就意味着需要别人，意味着被决定，更意味着巨大的失望和痛苦。"像是要缓和心里浮起的情绪，易晴轻啜了一口茶，感觉洋甘菊的香气渗进了身体的每一个细胞。

易晴轻轻叹了一口气，抬头看着苏青，眼神清亮而诚实："其实现在想想，在心底，我很可能是讨厌妹妹的！我讨厌她只小我一岁！我讨厌她为什么这么快就来到这个世界！我讨厌她的体弱和容易生病！因为，这些都让她把妈妈抢走。可是爸爸妈妈不允许我讨厌她，也不允许我对她生气。因为我是姐姐，我'必须'爱我的妹妹！因为我是姐姐，我'必须'懂事！因为我是姐姐，我'必须'照顾妹妹、爱妹妹！没错，我爱妹妹，但是我有时候就是会很生她的气、很嫉妒她啊！"嫉妒、生气、委屈、伤心，这些曾经不被允许、接纳，于是只能一次又一次被深深压抑的真实情绪在数十年之后的此刻，终于流动了出来。

"你不但不能表达生气，甚至，还必须表现出对妹妹的爱和照顾。这对一个孩子来说，会是内心多大的扭曲！"苏青就是有这个本事，轻轻一句话就让人感觉说到了心底。这份理解和接纳像是一阵春风，温柔地轻拂而过，瞬间就让易晴被委屈和愤怒填满的心情平缓了许多。

苏青继续说："妈妈对你的期待在心理学上称为'角色与功能的矛盾'。如果父母要一个不到两岁的孩子懂事、体贴、不哭闹、不要求被抱和被疼爱，要表现得像大人一样，就等于让孩子承受一种极其艰难的期待，因为这种期待让他没办法做真实的自己。另外，在我们的文化里，很多父母总是说'好小孩不会讨厌兄弟姐妹'，所以当我们对自己的兄弟姐妹生气的时候，会不知道该如何是好。于是我们咽下对手足的嫉妒、羡慕和生气，我们被迫把心里真实的怒气藏起来，最后其他很多被我们视为垃圾的各种情绪也都一起被掩盖。然后我们开始用'合宜却不真实'的方式来呈现自己，也用这样的方式和他人互动。

我们以为这会创造和谐幸福的人生,但是真相却是最初把你带到这里的原因——无论是面对自己还是他人,我们用一种'表象看来亲和温暖,其实心底疏离冰冷'的方式活着。而那些被我们堆积在心底深处,始终不敢表达的嫉妒和愤怒,逐渐在我们的身心里累积成无形却影响深远的毒素。"

"你是说,即使长大了,这些毒素也还会留在我们的身心里吗?"易晴问。

"是啊。"苏青微笑着点头,"之前有个担任中级主管的女孩,公司的组织调整导致其情绪剧烈起伏。经过几次深谈之后,我们才发现,其中一个重要根源正和她从来没有意识到的姐妹情结有关。"

"真的吗?你们是怎么发现这两者的关联的呢?"

苏青微微一笑:"因为我发现,当她谈到对于一个空降女同事极为强烈的情绪时,她说的语句是:'她来了以后,我就不是唯一了!''她把一切都抢走了!''我被分散注意力了!'这些特别的语句让我开始和她一起探索原生家庭的脉络故事。原来她在家排行老二,上面有一个哥哥,下面有一个差她五岁的妹妹。这意味着,虽然父母重男轻女,但五岁之前她是家中的老幺,也是唯一的女孩。可是妹妹出生之后,她感觉父母对她的注意力被剥夺了,她感觉到不安、失落和伤心。就像你一样,这些痛苦没有被看见、接纳、疏导,在父母的'姐妹应该情深'的教导之下,以及对妹妹的确也同时存在着爱的童年时光里,不安、失落和伤心等情绪如同一座隐藏的'毒素火药库',不断地累积、压抑。而公司空降女同事,原本不过是一根引线和一个鞭炮的火药量,却引爆了她那座积累多年、未知未识的巨大火药库!这爆炸力近乎核弹爆炸,既让她惊讶困惑,又让她的身心和生活一片混乱。"

"天啊!这无形却长远的影响实在是太吓人了!但是……"易晴的语气显得迟疑,"我和这女孩所经历的,也可以称作'伤'吗?只是妈妈没有抱我,只是因为她有了妹妹,会不会是我们太脆弱、太敏感了?"

"孩子,要始终记得,任何人的伤,都不需要通过和他人的比较才能成立。此外,我们都不知道当时到底发生了什么事。我们只看见,那是当时的你所承受不了的。我们只知道,现在它阻碍了你值得的、渴望的幸福。这,就值得好好地为自己疗愈它。"

易晴抬起头望向苏青,与苏青相视一笑。那一笑,是同行长时间的旅伴所拥有的理解与默契。虽然这是一条得靠自己走的路,但苏青始终站在关心陪伴却无意过度支持、照顾的位置上,这种适切的距离让易晴感到全新的关系——既独立又彼此连接。

当易晴意识到这关系里的美好距离时,她发现自己的身体放松了,她深深吸了一口气,又缓缓吐出来。久违的安稳与宁静在她的胸口慢慢荡漾开来……

小大人心理位移的伤

"这两天我一直在想你说的'小大人',不知道为什么,这个词让我感觉既陌生又有一种莫名的伤感。"蜷缩在沙发里,易晴低头搅拌着手中刚加入蜂蜜的花茶,再度下意识地隐藏自己低落的心情。

察觉到这个"懂事"的惯性反应以及背后藏着的情绪,苏青说:"孩子,你真的辛苦了。这些年来,无论是我自己,还是我陪伴许多来访者一起进行心旅行,我常常看见一种在童年时心理'位移'的伤。"

"心理'位移'?"易晴问。

看着易晴满脸困惑的表情,苏青笑着说:"来吧,我画给你看。"苏青随手拿起桌上的笔,在一张白纸上画出一个大圆,然后在旁边画一个很小的小圆,再远一些画一个大一点的小圆。苏青指着最远的这个小圆,说:"这个小圆没法靠近大圆,因为有一个小小圆更需要大圆妈妈的照顾。但她其实也还是很小的孩子,所以,如果小圆真的很想靠近妈妈,她该怎么办?"

"嗯……"易晴诚实地说,"我不知道。"

苏青没开口,拿起笔在最远处的小圆上打了一个"×",然后在大圆里画了一个依偎在边缘线的小圆。"如果这是你,你离开自己原本的小孩位置,位移到妈妈的位置。"停顿了一下,苏青更精准地进一步说,"通过这样的心理'位移'和'合体',你和妈妈就完全在一起了!"

望着白纸上大圆里紧紧依偎着一个小圆的图像,易晴感到自己的内心柔软了、愉悦了,呼吸变得深长,嘴角也不自觉上扬。"这样我就拥有妈妈了!对!我终于拥有妈妈了!我不但靠近她,我还拥有她了!"满足和开心在易晴的声音里满满洋溢着。

"是的,通过这个'位移',妹妹再也抢不走妈妈了。但是从此,你也丢掉了那个幼小的、需要抱抱的自己。"看着易晴惊讶的双眼,苏青温柔的声音再度响起,"还记得最初你找到的那只体贴的绵羊吗?你离开小孩的位置,用体贴绵羊的角色和妈妈合为一体,成为一个懂事、体贴、付出的小大人,然后把那个小小的、愤怒的、伤心的自己孤单地遗忘在冻结的时间黑洞里了。"

"啊!这也是我选择'绵羊我'的重要时刻?"易晴目瞪口呆。

点了点头,苏青叹了一口气,说:"而且这还不是终点,更重要的是位移的后坐力。"

"后坐力？"易晴疑惑道。

"这不只是当下的选择而已，要知道，在很长一段时间内，幼儿还会以为妈妈和他就等于'我'，也就是一种共生关系。大约两岁到四岁时，孩子完全依赖妈妈的时期逐渐过去，他第一次说出'我'的时候，表示他知道自己与妈妈是不同的两个人。他开始踏进这个世界，和世界互动，四处探险，尝试用自己的意志做出反抗。你看到自己一两岁时的伤，显示出那时你学习到的是'我'和'妈妈'只能二选一，而且是必须舍掉自己，位移到他人，才活得下去。这意味着人我距离完全消失，'自己'与'他人'的两极对立开始形成，并一直伴随你长大，成为你内心的巨大纠结与拉扯。所以我会说，离开自己的行动——位移——不是那时的一发子弹而已，它还有强烈的后坐力。它甚至是一颗原子弹，影响着'我'这片土地，就像被污染或辐射，最后这片土地只能废弃！"

轻轻叹了一口气，苏青接着说："于是，这些小大人们，虽然功勋卓著地活着，内在的某个自己却荒芜孤寂地死去。这就是我们内在真实的冲突实相，也是我们不被自己知道的痛苦。"苏青的话语，一句句深深地烙在易晴的心底。

低着头，易晴饮泣的声音隔着她轻捂住嘴的手隐隐传出来，透过她披落的发丝，一滴一滴眼泪滴落在她膝头的墨蓝色衣裙上。大黄狗波波摇摇晃晃地走过去，把头轻轻搁在易晴膝头。

尽管低头啜泣，易晴仍然本能地伸出一只手，照顾靠过来的波波，从它的头顶到毛茸茸的脊背，温柔地抚摸。随着一遍又一遍的温柔抚摸，易晴心底那个被遗弃的伤心小女孩仿佛也被她温柔地轻抚、照顾了。

苏青看着易晴的啜泣逐渐平息，吸气吐气渐深渐缓，胸间形成明显而悠缓的美丽曲线。再抬起头，易晴的眼瞳既黑又亮，仿佛大雨过后的天空——仍见水痕，但也同时透着一种洗去尘埃的清新。

小大人难以依赖的痛

"有一点我很好奇!"才一坐下,易晴就先抛出了自己的疑问。

"是吗?太好了,愿意说说吗?"苏青一如既往安然、欣赏地回应。

"如果我从小就习惯位移到别人的位置上,那我应该很习惯跟别人靠近,不是吗?为什么志远和怡君他们会觉得我很遥远呢?"

苏青端起桌上的骨瓷蓝色唐草红茶杯,微微笑了一下,抿了一口最爱的苹果红茶,不疾不徐地说:"如果我们在童年期间无法向主要照顾者表达需求,从某种程度上说,就等于提前失去了童年。有些孩子甚至心里不自觉地为了自己不够好、不够体谅、不够独立、会嫉妒而自我批判。所以尽管他们很可能一直努力借着出色的成绩和表现来讨好别人,但他们其实从来都没办法感觉到或者真正相信自己是优秀的、美好的。"

苏青继续说:"生怕自己永远不够好的信念和焦虑成为这些小大人们成长时的内心持续驱动力。也就是说,小大人们一直带着'我不够好''我一定要是好的,才会被爱,才会安全'这样的自我认知和强烈的不安全感一路往前、成长。我们常常会忽略一件事:如果一个人内在的不安感和焦虑值很高,又习惯时时自我检视有没有做好,这将让别人感觉到和他之间缺乏连接,而且很疏离。"

"为什么?这不是只是我们和自己的关系吗,并没有牵涉别人啊!甚至,我一直很努力和志远、怡君他们靠近啊!为什么别人会觉得我疏离?"易晴依旧一脸的困惑。

"哈哈,就是因为你们的'努力',让你们即使跟别人在一起,也是人在心不在的啊!"苏青进一步解释,"你知道吗?太早就明白不能做父母不喜欢的事的小孩很容易不自觉地被导向完美主义,他们的全部心思都不自觉地罩在'害怕哪里没做好'的自我检视和焦虑里,就像一个随时都要上战场的战士,无论是跟自己在一起,还是跟别人在一起,都很难放松下来。你们无法只是处于当下、享受当下,这就是一种'不在'的状态。除此之外,有些小大人会产生'我是孤单的,我只能靠我自己'的信念。他们在生命早期的某个时刻暗自下定决心——我再也不要有任何感觉,以避免自己感受到情感连接的渴望以及缺失的痛苦。可是离开情绪脑,锻炼理性脑的模式也让这些小大人长大之后变成和情绪、情感断链的超理智机器人,而这往往让身边的'重要他人'感觉到无法和他们有真正的亲密连接。"

"天啊!这也好像志远,我觉得他就是这样的人。以前我还以为他不想和我太亲近,现在想想,他是家里的长子,所以他也跟我一样是小大人,是吗?"易晴对这个发现感到惊讶,但同时,仿佛也更了解志远了,甚至多了一种身为同类的哀悯与连接。

点点头,苏青语气转为沉重:"而且,可能还有另一个更深的伤害,也就是内心不自觉的羞耻感。基本上,童年原本就是人生中的一段非得仰赖他人不可的时期,如果依赖他人的需求被拒绝,就意味着这个孩子不断地被迫为自己的需求感到羞耻,而且不断受挫。以你在心画中回溯到那个一两岁时的伤为例,当依赖的需求得不到回应,甚至逼得你闹情绪、发脾气,但这愤怒仍然无法被父母接受时,结果就是你的内在世界的分裂。父母忽视我们,我们对此感到愤怒,我们还会用这个愤怒压抑自己对他人的需求。长大后,我们会不自觉地在心里对想要依赖他人的自己发动攻击。"

"你是说攻击自己吗?"易晴再度一脸诧异。

"是的,原本是帮助我们适应外在环境,帮助我们生存下来的内心保护系统,开始转为心理学家所说的'内心原魔系统'——心里好像有个魔鬼一直在跟你说:'依赖是不应该的,依赖是可耻的,依赖是痛苦的。'他不断把这种暴露自己脆弱的依赖视为一种必须敲响的内在即将再度受创的危险信号。这种内在的矛盾、挣扎、冲突就是小大人的内心图像。因此要小大人去依赖一个真实的人，往往是不可能的。于是他们在内在世界以自责、自贬等方式攻击自己，同时也让自己远离心中渴望的关系。所以独立和依赖也很可能是你心中又一组对立的两极性格。'我需要别人，但我无法依靠他们'——这就是你内心的伤痕。"苏青的声音里有理解也有心疼。

"不过，我说过，我们的确会被过往的生命经验影响，但我们并不会被注定。我也一再分享这个信念：看见就是力量！现在，你看见了这些隐形的图像，隐形的铁链，"像是故意留下一段空白，苏青停下来喝了一口茶，再抬起双眼，她沉静而温柔地对沉默的易晴提出一个重要的探问，"但更重要的是，你要为自己创造怎样的未来呢？"

太会照顾人的她觉得很累

绵长的海岸线上,海浪按照自己的节奏拍打着沙滩。小蝴蝶和大黄狗波波兴奋地和海浪玩着你追我赶的游戏,志远和永浩在一旁笑看着。几只海鸟飞舞而过,易晴和苏青在沙滩上并肩而坐。

"我今天看着你一直忙来忙去,一会儿拿外套给小蝴蝶和志远穿,一会儿帮小蝴蝶擦蚊虫药,一会儿给我和永浩补充维生素,还这么周全地准备了这么多东西。"苏青睁大双眼,用惊叹的表情环顾着身旁的好几个大包小包——里面有零食、水果、湿纸巾、毛巾、医药包、备用衣服……

"哈,没有啦!我只是习惯事先把东西都带好,有时候出门总是临时会有什么需要。"易晴笑着解释。

苏青回应易晴一个温暖的笑容:"我只是在想,跟你在一起真的很幸福,你实在太会照顾人了!"停顿了一下,她继续说,

"不过，这也让我想起之前我们有过一段对话。当时我问你：如果没有贡献，兔子就不能加入队伍？"

"嗯嗯，我记得！那时我好像是说：兔子受伤了，它这么软弱，没办法付出，没办法贡献，它不可以跟随队伍一起闯森林。"

苏青的眼神沉静了下来，望着易晴："今天我看着你体贴地照顾每一个人，也想到当初那个位移到妈妈身边，当妈妈的贴心小帮手的小女孩。我好像看到，那似乎让你不自觉地在心底建立了一个属于你的'爱的方程式'。"

"属于我的爱的方程式？那是什么？"易晴好奇地问。

"我写给你看。"苏青从随身的小包中拿出纸笔，写了起来。易晴在旁念出苏青写下的字："体贴＋能力＝爱＋安全。"

"你是说，我做这么多是因为……"易晴不自觉眉头轻皱，沉吟思索着。

"啊！"像是突然懂了什么似的，易晴惊呼了一声，"天啊！我懂了，我懂自己为什么一直这么努力进修、上各种课，为什么再累也要当义工妈妈，为什么一直这么体贴别人。以前，我总以为是因为我很享受学习，因为我的个性就是喜欢照顾别人，可是刚刚我好像才体会到……"

苏青接住易晴望过来的眼神，在眼神交会的理解和支持里，易晴放慢了语速："原来，这些是因为我在很小的时候就认为，受伤软弱的我是不会被人需要的！我必须要有贡献才能存在！"

海浪扑上来，一次次拍打着沙滩，然后又退下去，留下细腻的白色泡沫。

"童年的很多经验会在无意识中成为我们深藏在心底的信念。"苏青伸手指向前方那片广阔深沉的大海，"它们就像深潜在大海最底层的不断涌动的黑潮，让海面不断掀起波浪，始终无法停歇。体贴和能力是你从小护住自己的生存方式，它们是你在这个危险世界里的避难小屋。"

"等等，我突然想起一次跟艾莉结伴而行的小旅行，我们聊了一整夜。艾莉最后问我：'那个绵羊易晴拥有的体贴能力简直到了一种神功的境界！你到底是怎么练就的啊？'当时我完全不知道怎么回答，可是现在……"

"现在你看见了，打从一两岁起，你就不自觉地练习这个超级神功，好让自己能够得到安全和爱。"

易晴深深地叹了口气，眼光落向不远处的沙滩，一只小螃蟹趁着扑上来的浪花努力地向岸上爬，但当浪花退下的时候，它又被拉回原位。低下头，易晴忍不住说道："我觉得好累……"

在内心,她一直都把自己往死路上逼?

这一天,在苏青的工作室里,两人继续对话。

"心旅行走到现在,坦白地说,我很惊讶。从小,我一直都以为我跟爸爸比较近,感情也比较好,但没想到,我跟妈妈竟然连接得这么深!"易晴说。

"你完全没有想到,曾经和妈妈的那些互动和情感,无论你记得还是不记得,才是你生命中最深也是最待解开的核心议题。"苏青的话仿佛让易晴心里的钟被强力敲击,深沉的声音不断地在幽深的心井中回荡。

"你可以试着回想,看看有哪些散落在生命里的关于妈妈的点滴印象。"苏青用邀请鼓励易晴尝试回溯与妈妈的过往故事。

"我记得,我的妈妈是一个娇小的女人,她的性格温柔善良,还有点害羞。爸爸平常很威严,又很幽默开朗,但有时候急躁起来会突然发脾气,变成一个让我觉得既陌生又害怕的人。

可是很奇妙的是,每次看起来很柔弱的妈妈总是能用一种善解人意的'神力'去了解爸爸究竟怎么了,然后再用她温柔的'魔力'安抚他。很快地,爸爸就会重新变回我熟悉的那个温暖的爸爸,而且不再急躁生气的他也会很快地用温柔幽默的讨好来回应妈妈。"易晴说。

"听起来,娇小柔弱得像绵羊的妈妈,却总是能够让狮子般发怒的爸爸很快就收起咆哮声和怒张的狮毛?"苏青精准又逗趣的形容让易晴一边拼命点头,一边笑出了声。苏青继续说:"通过你的描述语句和用词,我听见,你非常珍惜并感谢这样的绵羊妈妈,也高度认同'绵羊女人'的特质。这个隐形的内在脉络是如何影响你活出自己,又是如何影响你在关系里和他人的互动的呢?"

"高度认同?"易晴重复着苏青说的这个词语,然后说,"天啊!原来我一直不自觉地学习,甚至复制妈妈这样的'绵羊女人'的温柔与付出。我用这样的方式说爱,也期待用这样的方式得到爱。或者说,我'相信'用这样的方式可以得到爱。"

"所以,你的体贴的绵羊不是无意义随机出现的意象,它是你从小看着、仰望着、不自觉模仿着的女人角色原型。"苏青说。

"它是我的妈妈,然后,它也变成了我!"对于这个发现,易晴不清楚自己到底是感到轻松还是感到沉重。

苏青感受到了她复杂的心情,提出邀请:"来吧,天气正好,我们出去走走。"

傍晚时分，太阳的热度逐渐散去，苏青与易晴漫步在公园的小道上，松鼠妈妈带着小松鼠跑过草地，很快地蹿上一棵摇曳的樟树。

苏青说："你的'绵羊妈妈'用这样的方式付出，也真的得到了你爸爸的回应与疼爱，于是形塑了你对'绵羊女人'的认同。这也会造成另一种完全相反的状况：这样的孩子长大之后，往往会厌恶自己是绵羊女人。可是如果没有经过解开隐形铁链的历程，心理层面的脱离就未必能够完成，于是她们往往很矛盾地展现既强势又牺牲的双重面貌，这就是家庭对她们的影响。"

苏青话语未断，继续说："在这些年的陪伴历程中，我深深地体会到，无论关系是亲近还是疏离，母女议题都是许多女人在整理其生命历程时必然会浮现的重要轴线。我记得你的体贴绵羊说过一句话，它说其实剃毛的过程也会痛。我好奇的是，如果你开始用现在更高的视点、更广的视角来看，身为绵羊，真的只有幸福和美好吗？总是习惯给予与付出的它，那些没有说出口的疼痛和伤心，会是什么呢？"苏青的话既是探问，也是自问，仿佛感受到一阵沉重，她轻轻呼出一口气，往一旁的凉亭走去。

跟着苏青的步伐，易晴在典雅的小凉亭里坐了下来。前方池塘里波光摇曳，几只野鸭在碧绿色的水面上优雅自在地游着，她的思绪也在记忆里游走。

易晴开口道:"我一直记得一件事:小学五年级的时候,学校老师选我加入合唱团,要我回家问爸爸妈妈是不是可以参加,当时我真的好开心。那天晚上,我忍着、观察着、等待着,好不容易等到妈妈做完晚餐,洗好碗,忙完家务,然后,我轻轻溜到妈妈身边,开口跟妈妈说——'妈妈,今天老师跟我说,要选我进合唱团。'可是,你猜接下来发生了什么事?"易晴看向苏青。

"妈妈称赞你了?"苏青问。

易晴摇摇头。

"她拒绝了?"苏青问。

"也不是。"易晴答,她叹了一口气,说,"其实,我根本就没有等她回答,就在我说完的下一秒,还没等妈妈开口,我就立刻说:'但是我还是不要参加比较好,对不对?因为我还是要以功课为重,对吗?'后面的事情我记得不是很清楚,应该是妈妈很欣慰地摸了摸我的头,然后说:'我们先努力把书读好,好吗?'我当时应该是很乖、很懂事地一边低着头用力点头,一边忍着心里浓浓的失望和就要掉下来的眼泪,然后乖乖地回房间看书。好奇妙,现在我跟你说起那时小心翼翼、察言观色的自己,我居然还会体会到巨大的紧绷感和压力,我几乎呼吸不过来。"易晴低下头,描述自己当时真实的感受,也想藏起眼眶中微微泛起的泪水。

"我好像看到,那么小的你,几乎是把百分之百的注意力和观察力都放在了妈妈身上,现在你看见这样的自己,会有什么想法或心情?"苏青问。

"我会为那个十一岁小女孩的体贴和委屈感到心疼。而且,"易晴抬起头,继续说,"我突然发现,对于才小学五年级的我来说,说出心中的渴望竟然是那么困难的一件事!"

"那是因为?"苏青问。

"因为……因为我知道,我'应该'体贴妈妈;因为我知道,我'应该'不让妈妈困扰、为难;因为我知道,妈妈为我们付出了一切;因为我知道,我'应该'乖、懂事、努力念书。"一连串地说出了这些如同铅块般一个又一个的"应该",易晴这才发现,自己这么多年来,竟然不自觉地背负着这么多无比沉重的负累,这些负累压在她的心头,让她喘不过气来。

仿佛听见了易晴心底的声音,苏青娓娓说道:"身为一只体贴的绵羊,你知道关于妈妈的所有状态、心情、期待,所以你竭尽所能地压抑自己心底真实的声音。你能够说出口的,只有极其少数——你心底最深切、压不住的渴望。因为只有它们,才可能强大到穿透你设下的层层封锁——禁止密网,从你的口中出来,让妈妈听见。于是,当这些在你心中经历千回百折,经历一次又一次压抑才能说出口的心声,一旦被拒绝,你感受到的是极其深沉、黑暗的痛苦、伤心和失望。"

自己心底深处的感受被精准地说了出来,易晴不自觉地深深吸了一口气,再缓缓吐了出来。她继续说:"我想起来了,高中的时候，妈妈常常跟我说的一句话是：'为什么每次说你一句，你就不行了？'当时我也不懂，我还以为是因为我太敏感、太脆弱。现在，只要志远或我的老板说'你可以多体谅我一点吗'，我内心就会像炸掉一样地生气和伤心。"

"那是因为在内心，你一直都把自己往死路上逼。你一直都是用尽全力地讨好他人、压抑自己，让自己退到退无可退的悬崖边上，你只要再后退一小步，就会坠下断崖，粉身碎骨。"苏青说。

易晴的眼眶里开始浮现一片云雾。

苏青继续说："但是，这一切别人都不知道，因为你一直说不出口。于是别人只看见你的温和、愉悦、云淡风轻，他们完全不知道你的内心其实快要撑不住了。所以当他们困惑地问'有这么严重吗'时，这个困惑的质疑就算如同轻轻的一点，却足以成为最后将你推落悬崖的力道。"

苏青轻轻地把一包面巾纸放在易晴的手上："如果你在关系里感受到的是辛苦、为难、失望和伤心，无论表面看起来是如何温暖、舒服、和谐，那么你觉得，在内心深处，你会选择靠近它，还是离开它？"

旁边一个调皮的小男孩拾起石块，丢进池塘，咚的一声，石块沉入水底。苏青的探问仿佛是这石块，掉进了易晴的心底，那咚的一声和随之漾起的一圈圈波纹，在易晴的心底不断地回荡、扩散……

我也是丢掉自己声音的美人鱼

亲爱的苏青：

　　昨晚我做了一个梦，梦里我在一个纯白色的图书馆里，图书馆里有大片的落地玻璃窗，窗外是一大片湛蓝的大海。我在图书馆里到处穿梭，突然，我发现一个向下的回旋楼梯。我好奇地往下走，地下楼层的光线明显暗了很多，但是仍然有昏黄的灯光隐隐照耀。

　　就着昏黄的光线，我好奇地看着架上的一排排书，全都是我没看过的奇怪文字。我一边纳闷一边往下走，突然脚踢到了一个东西，我低头把它捡了起来，居然是童话《小美人鱼》的绘本！我心中困惑地想：为什么《小美人鱼》会在地下室呢？童书区明明在楼上啊。然后我就突然醒了。

　　亲爱的苏青，我很好奇，这个梦有什么特别的意义吗？

既困惑也好奇的　易晴

亲爱的易晴：

你对《小美人鱼》这个童话有什么记忆？故事中的哪些部分让你印象最为深刻？

爱你的　苏青

亲爱的苏青：

你知道吗，真的是太巧了！《小美人鱼》是我小时候最喜欢的一个童话故事，我也不知道为什么，可能是因为我从小就很喜欢游泳吧！美人鱼可以在大海里游泳，甚至还可以不用换气地在深海里自在悠游，实在是太让我羡慕了！

故事中让我印象最深的好像有两个。一个是她用声音跟坏巫婆交换双腿的时候，我觉得好伤心，因为从此她就不能说话了啊！另一个是她漂亮的鱼尾巴变成双脚，走上陆地的时候，我心想："啊！她的脚好痛呀！"

易晴

亲爱的易晴：

你说印象最深刻的是"从此她就不能说话了"以及"美人鱼的尾巴变成双脚"，这让我联想到你画的那张心画《快乐小女孩》——你画不出小女孩长裙下的美丽鞋子，于是改画花朵。有没有可能，那个快乐的小女孩其实是还没有用声音跟巫婆交换双腿的快乐小美人鱼？

无论答案是什么,在这段旅行里,随着越来越深的探看,梦或其他共时性的事件都会在生活里出现。别担心,那是内心的力量在帮助我们一起往前旅行。我们只需要留心这些可能的信息,捡起让我们有所触动、有用的部分。至于还不能理解的,就暂且放在一旁。我们不急,它们会在最适当的时刻,对我们展现意义。

同样好奇的　苏青

亲爱的苏青:

你说的共时性事件真的发生了!今天一位小学时的好友约我喝下午茶,我们开心地聊着现在的生活,也谈起童年往事。聊着聊着,她语重心长地跟我说:"从小我就跟着单亲爸爸不断搬家、不断适应新环境,我一直觉得自己比同龄的孩子成熟很多,但是,你是唯一让我觉得'哇!怎么会比我还成熟'的人!"她说起我们小学五年级时的一次风暴事件,这揭开了一段被我压到最底层的记忆……

那天,上课铃声刚响,隔壁班的老师气冲冲地进来。我很快感觉到气氛很可怕,身为班长的我想提醒大家赶快安静坐好,但暴怒的老师已经站在讲台上,我不敢大声喊"大家安静",于是把食指贴在嘴上,发出嘘嘘嘘的声音,以提醒大家。

没想到,我的这个声音却成为点燃老师情绪炸药的火苗!

她嘶吼着："是谁在嘘我？给我站起来！"老师发疯似的样子和声音立刻把全班同学吓坏了，他们安静下来。我虽然也吓到了，但还是乖乖地站了起来。由不得我解释，老师立刻火力全开地用各种恐怖的话语骂我、羞辱我。除了教室里的同学，窗户外还挤满了隔壁班的学生。

从小一向都是模范生的我站在那里，除了惊吓，更觉得委屈到了极点。我想跟老师说："我不是在嘘你，我是在帮你啊！我没有不尊敬你。"可是我刚要开口，已经歇斯底里的老师立刻用更狂烈的辱骂封住我的嘴。

我完全不记得那一段混乱而狂暴的历程是怎么画下句号的，我只记得老师最后气冲冲地离开教室，只记得我压抑着自己心里所有的感受，努力镇定自己，假装一切都没事。

但我忘记的细节被好友拼凑了起来："那次真的是让我打从心底佩服你！因为你居然跟老师说：'如果我让老师有这种感觉，我很抱歉，对不起。'当时我心想，天啊，你到底是有多成熟，可以说出这样的话！"虽然事隔二十几年，她的语气和表情仍然带着满满的惊叹和不可思议。可是，亲爱的苏青，真正的我完全不是她看到的那样成熟，当时的我其实已经受伤到摇摇欲坠。可是我不知道该怎么办，我无法说出我的伤。

那天回家，我没有跟爸爸妈妈说这件事。因为我知道他们一定会跟我说"尊师重道是做人的基本道理"；因为我知道他们会跟我说"我们要回来检讨自己"。

易晴

亲爱的易晴：

　　曾经，你隐藏你的伤，去换他人的气消，去换事件的落幕，去换整体的和谐。你把受伤的自己藏在深深的暗室里，甚至，连你自己也不看她一眼……

　　此刻，看着十一岁的自己，你有怎样的心情？

爱你的　苏青

亲爱的苏青：

　　看着十一岁的自己，我泪流不止，我觉得很心疼她！我很希望自己可以不要这么成熟，我很希望自己可以不要这么懂事，我很希望自己可以大声地吼出来："老师，你误会我了！"可是苏青，现在我才知道，"老师，你误会我了"看起来这么简单的一句话，却像是千斤重的铁球，压在我的喉咙上，让我完全说不出口。

　　亲爱的苏青，我现在才了解——原来，我也是丢掉自己声音的美人鱼……

易晴

亲爱的易晴：

　　你知道吗？我曾经也是丢掉自己声音的美人鱼。

我们很多人在长大的过程中,都曾经是被自己噤声的美人鱼。而且就像你一样,我们往往无所知觉。这种失去声音的疼痛,很多时候会转由身体的疾病来展现。

大约小学四五年级时,一向身体健康的我开始频繁地喉咙痛,每次医生诊断都是扁桃体发炎。我记得,每次发炎就会喉咙剧痛、发烧,后来还因为实在太频繁了,我的父母在耳鼻喉科医生的建议下,所费不赀地买了一个迷你的家用喉咙喷雾蒸汽器。它很精巧,使用起来也有点繁复——要加水,加消炎药水,还要点燃酒精灯加热。我会把它放在桌上,张大嘴巴,让热热的蒸汽吹到我的喉咙深处,下巴那里会有一个接水的小杯,让以蒸汽形式带进去的消炎药碰触我发炎肿痛的喉咙深处,然后化成水流淌出来。

后来在心旅行的探索与发现里,我才知道,和你一样从小就是小大人的我,也曾不自觉地成为失去声音的美人鱼——想说的话说不出来,积压成剧烈且频繁的喉咙发炎与疼痛,痛到让我完全无法说话。我在幽微的心理机转下,通过生理上的剧烈疼痛,为我在弟弟妹妹中争取到妈妈的关注与专属照顾。所以那个精巧的、所费不赀的机器,不但是我专属的仪器,也是我专属的妈妈的爱。那个以蒸汽形式进去,接触发炎肿痛的内在,化成水流淌出来的历程,其实是一种深深进入身体,碰触到无法言说的内在强大的需求与疼痛,并且从蒸汽的无形到水之具体,是一种爱的证明与抚慰。

我们很多人都是被自己噤声的美人鱼，我们都需要哀悼那个没有声音的小女孩。让我们一起疗愈她，带着她一起长大。

爱你的 苏青

第八章

为什么我们受伤了,却还会笑看自己的伤

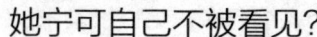

她宁可自己不被看见？

"有件事我很好奇，"夏日傍晚，山上蝉声震天，远远看着在溪水边抓小鱼的小蝴蝶和志远，和易晴坐在溪边树荫下的苏青开口，"相处这么久，我好像很少见到你性格里猎豹的那一面？"

"哈哈，可能在小学的时候出现太多了吧，后来就被我关起来了！"易晴把双脚放入溪水中。溪水虽然沁凉，但她仍能感觉到日光的余温。

"听起来，那时候你受过伤？有人知道吗？有人帮你吗？"听见苏青提问中真诚的关切，易晴原本不自觉装着轻松没事的声调和语速缓了下来。摇了摇头，她很感慨地说："你知道吗？很多人喜欢当第一名，但是小学整整六年，常常是班上第一名的我，感受到的却不是快乐，也不是光荣、骄傲，而是孤单和受伤的心苦。"

易晴说起小学四年级时的那段记忆："那天，上课铃响后，语文老师抱着一大摞作文本走进教室,说:'有一个同学这次作文写得非常好,而且字也写得非常漂亮整齐。'"苏青注意到,易晴不自觉蹙起了眉头,"当时我整个人缩起来,觉得很紧张!我在心里一直祈祷:拜托拜托,不要说是我!拜托拜托,说李千瑜,她的字写得很漂亮,写作文也很厉害!拜托拜托,千万不要说出我的名字……"

"结果呢?"苏青问。

用力叹了一口气,易晴说:"老师说出的还是我的名字。我记得,当时我带着一种沮丧、无奈又羞愧的心情站起来,慢慢走到讲台,从老师手中接回作文本,又慢慢走回座位。我恨不得立刻缩起来让自己藏到桌面下,只求不要被人看见。"

"这个十岁的小女孩究竟怎么了?为什么她这么不安?为什么被老师称赞对她来说反而像惩罚?为什么她对自己的优秀感到的不是开心光荣,而是羞愧?为什么她宁可自己不被人看见?"苏青像是为易晴说出深埋心底的疑惑,提出了连续的探问。

"嗯……我完全没想过这些,我只知道小学的时候我真的太孤单了。我知道,某种程度上说我是被排挤的,因为大家每次都会说:'老师都偏心你啦,你不用跟我们玩啊,反正你厉害啊,每次都考第一名!'我记得每次老师称赞我的时候,班上总是鸦雀无声,还有每次要分组的时候,我都会焦虑到不知道该怎么办,我好害怕自己又是那个落单的人……不过,"易晴话锋一转,"很奇妙的,半年多前,我参加了小学同学聚会,我得到答案了!"

苏青注意到,易晴原本的低落、伤心和痛苦转成光亮。易晴说:"那天大家一直很兴奋地聊着,就在聚会接近尾声的时候,有一个女同学突然有所感地说:'奇怪,易晴其实人很好,也很好相处啊!为什么我们以前会觉得你很骄傲,会不喜欢你?'这时候,另一个女同学接着说:'对呀,仔细想想,你也没有做什么啊!好像就只是因为成绩好,每次我们都考不赢你,大家就会觉得跩什么跩啊,成绩好就了不起喔!然后就私下说好不要理你。'后来让我很惊讶的是,她突然认真地对我说:'我想,如果套用现在很流行的词,很可能以前你是被我们霸凌了,真的是很抱歉……'"

"你听到后的心情是?"苏青问。

易晴说:"我心里一震!但为了现场的气氛,我很快用轻松的语气说'对呀,你看你们都霸凌我',然后大家就笑了,整个聚会又转到其他的话题。"

"我看到你又习惯性地去照顾别人了。"苏青微笑着说,话里没有指责,有的只是理解和些微的心疼,"之前我们已经看见,对于痛苦、受伤、愤怒等负面情绪,你一直都用遗忘的方式来保护自己,让自己顺利长大。我在想,有没有可能,这段被霸凌的过往里有一些很深、很重的感受,同样被你沉在记忆深处的某个暗室里?你刚刚说感到心里一震,那是因为回忆起什么了吗？你愿意靠近自己去感受一下吗？"

对于苏青的探问，易晴虽然仍感到困惑，但现在她不再急着逃开了。她深深吸了一口气，尝试跟自己的身体和感受连接，一些记忆开始流进她的身体和心里，她的呼吸变得急促了一些。她说："我觉得困惑，也觉得痛苦，因为我不知道究竟为什么大家要这样对我，我不知道我究竟做错了什么，为什么大家这么不喜欢我。"

苏青看着眼前的易晴，同时看见那十岁小女孩感受到的无助和痛苦，它们的浓度和重量丝毫未减地穿越时空而来，再次笼罩在易晴的身上。

苏青说："你感觉自己陷入两难的困境，一方面你努力念书，努力得到好成绩，这样爸爸妈妈和老师才会喜欢你、爱你；另一方面，这让你不被同学喜欢，让你被排挤、孤立，让你失去一直渴望拥有的友谊。十岁的你没有能力消化这些，它们淤积在你的心里，成为越来越大的紫黑色瘀血，那是在你《脓血狂舞者和纯净粉蔷薇》心画里出现的那片脓血大地。从此之后你有了'恐高症'——对你来说，高处不仅不胜寒，而且还是让你受伤、痛苦、想逃离的地狱……"

随着苏青的叙说，堵塞在易晴心底深处的东西也一点一点随着这些深度同理的话开始流动出来。她用力吐出一口深长的气，久久说不出话来。

当深埋多年的郁结心绪开始释放，在腾出后的全新空间里，另一段记忆浮现。再抬起头，眼神晶亮的易晴对苏青说："我想起来了，那天除了心底一震之外，当时我好像也感受到一松！"

"是吗？说说看这个'一松'指的是什么。"苏青说。

"就是她的那一句'很可能，以前你是被我们霸凌了'，好像让我突然明白了，啊，原来我是被霸凌啊！不是我不好，不是我哪里做错了！"

"你的意思是，无心的一句话却成了将你从多年冤狱中救赎出来的力量？你就像是一个背负杀人罪名的嫌疑犯，多年之后终于得到法官的判决，法官说'人不是你杀的'。"刻意停顿了一下，苏青更放缓、更温柔的声音响起，"更重要的是，这个罪名不仅仅是别人控诉你，你也在心底不断审问自己。"

苏青的话一字一句地敲打在易晴心上，震撼、沉重，但也带来了一种觉悟。易晴说："啊！所以之前我的精准猎豹哽咽地说：'请不要一直把我关在笼子里，我不会伤害别人，因为……因为我是她的精准的猎豹，我是她的有着绵羊心的猎豹。'我好像看到，自己又位移到别人的位置上，认同了别人的观点和感受，遗忘了自己，也丢弃了自己。这样的我自然没有力量为自己反击，为自己伸张正义。"

"你和别人一起给自己定罪。你没有认出你的精准猎豹有多独特，你让它坐冤狱。"易晴抬起头，看着帮她说出真相的苏青，觉得惊讶，又完全无法辩解。

怎么面对一个既爱我又伤害我的人？

昨夜睡前，一阵短暂而猛烈的暴雨来袭，巨雷在山谷中回响，有些落在近处。雷声轰鸣，仿佛带着利刃，劈开了紧绷的空气。天际黑云和漫天雨幕的背后，远处的山峰若隐若现。而此刻，早起的苏青和永浩坐在廊前喝着早茶，大黄狗波波在花园里四处嗅闻。暴雨停了，天空变得澄澈，雨后的空气格外清新，弥漫着花朵与树的香气。

"又是全新的一天！"苏青心底赞叹、欣赏着大自然瞬间变换的一切。她起身走回屋里，打开书桌上的计算机，点开一封新收到的邮件。

亲爱的苏青：

当我更靠近我的猎豹，好像更多受伤的回忆浮现出来了。我想起，上初中之后，我极度渴望能够脱离小学的噩梦，我极度渴望能和大家打成一片，可是第一次月考成绩公布之后，我考了前三名。当时，我是转学生，这意味着，班上大多数同学几乎都来自学区内的两个小学，没有人和我来自同一所小学。成绩公布的时候，原本开学以来与我相处和谐的同学突然有了异样的眼光——这个人是谁；为什么会是前三名；她有那么厉害，居然可以打败我们？接下来，我开始面对被同学忽视，像个透明人一样的孤立状态。只是一次月考，我已经感觉到，我原本的渴望破灭了。我感觉到，我的噩梦再度降临，它再度抓住我了！

亲爱的苏青，当我写到这里的时候，我感觉全身发冷、呼吸急促。我这才知道，原来当时的我竟是处在"它再度抓住我了"的绝望和恐惧里。我也才想起自己当时的慌张、无助、害怕和伤心是有多强烈！于是那时我心底浮出一个坚决而且执拗的声音："我不想有好成绩！我要有朋友！"

现在，我看见了，原来，我的猎豹是在这时候再一次被关进一个更小、更牢固，而且上了锁的笼子里的！"你不可以出来！"我仿佛听见当时的我流着泪，既伤心又愤怒地跟我的猎豹这样说。

那天之后，我开始刻意让考试成绩下降，慢慢退到班级里中间名次的安全位置。这一次，我成功地在学校生活里创造了我要的友谊，以及如同绵羊一般被纳入群体的状态，我感受到放松、快乐。更重要的是，我感受到和他人群聚的温暖和安全。我不再感到孤单，也不再感到被孤立。我是我要的"绵羊我"！

可是，当我回到家里，突然倒退的成绩，突然不再优秀的我，让爸爸妈妈既担心又困惑。我开始面对爸爸的责难、质问和妈妈的担心。我感觉到，我失去了一向最疼爱我的爸爸的爱！我心中的解读是："原来，以前你不是真的爱我！你爱我，只是因为我很优秀，只是因为我很乖，只是因为我让你有面子。现在我的成绩不好了，你就不爱我了！"

亲爱的苏青，即使相隔这么多年，现在从记忆中浮出来的这些仍然让我觉得好痛！

觉得好痛的　易晴

亲爱的易晴：

你的"我感觉到，我的噩梦再度降临"让我感受到许多曾经被霸凌的孩子心底的绝望——"换一个环境，状况并不会改变"或"曾经的痛苦，又要重新再来一次"的创伤感。

我想起曾有一个三十多岁、在外资企业工作、外表斯文英俊的男人来找我交谈。在众人眼里属于人生赢家的他，其实在初中和高中都尝过被霸凌的痛苦，虽然他隐忍一切"存活"了下来，但是心里的伤让他始终畏惧与人靠近。

我一直记得我们第一次见面那天，外表温和帅气的他跟我说的居然是："我实在孤单太久了，没办法靠近任何人，我真的很痛苦！"原来，平常可以跟同事互动，其实是他得过一段时间就到茶水间或者小阳台喘口气，好降低心中的焦虑。即使是在咖啡屋，隔壁桌有几个陌生人在说话，他都会担心是不是自己哪里不对，是不是他们在议论他。

这些年，从我陪伴许多人心旅行的经验里，我看见霸凌常常发生在优秀或者乖孩子身上。他们甚至为了不让家人担心，往往都借着看似正常甚至优秀的外在表现，来隐藏内在受到的精神折磨，于是学校和家成了双重的压力场域，于是孤单感更深、更重。就像你跟我分享的这段初中往事，从人类心理发展历程来看，对一个尚未发展完成的青春期孩子来说，朋友的接纳是重中之重，再加上小学的霸凌创伤，于是你对于"孤立"感到莫大的痛苦与绝望，你宁愿放弃成绩选择友情。但这个选择却让你在家里面对另一个关于爱的巨大失落。

在这个习惯向外寻求个人价值的世界，我们都会分不清到底他人爱的是我，还是我的聪明、乖巧、优秀、懂事、能力……更何况是一个孩子。你那声悲愤的呐喊——原来，你不是真的爱我——所引发的回响，是曾经以为坚固如同一座城堡般的爱，刹那间彻底崩塌的漫天巨响！甚至，余音久久不歇，城堡难以复原重建。你带着心中一直存在着的这片废墟，就这样慢慢长大……

爱你的　苏青

亲爱的苏青：

看着你的信，我泪流满面。你说得没错，曾经我以为爸爸给我的爱像城堡一样坚固、珍贵,可它突然之间就崩塌了!我反复在心底问着,你是真的爱我,还是只是因为我很好才爱我?我强烈地渴望着、哀求着:可不可以即使我不好,你也爱我?

确实,选择绵羊我,弃绝猎豹我,并没有让我从此拥有轻松、无忧、无痛的人生,甚至让我面对跟随在爱之后的伤害。

亲爱的苏青,为什么爱总是会跟伤连在一起?

不解的 易晴

亲爱的易晴:

原来,你是把爱与伤放在对立的两端吗?你认为,爱应该没有伤,或者,有伤的就不是爱了吗?孩子,如果我们只要爱与光,不要伤害和暗影,那么,我们往往不能承认自己受伤了。许多孩子会在生命早期对于"一个人怎么会爱我,又同时让我受伤"感到极大的困惑,不知道爱与伤为何能够并存,不知道该怎么面对一个既爱自己又伤害自己的人,不知道那到底是爱,还是伤害。

我说的并不仅是父母虐待孩子的家暴家庭,我说的也包括父母对孩子无尽付出爱与牺牲的幸福家庭。因为我们的父母是人,不是神,原本就有必然的局限,也会犯错。更重要的是,他们在长大的历程和生命中也受过苦,他们如果没有机会疗伤,往往就会不自觉地在给爱的同时也给出伤害。

所以，爱存在时，不代表伤不存在。在看似幸福家庭中长大的孩子，不代表没有被长期隐藏的伤痛腐蚀生命，不代表他们不值得被好好陪伴、好好疗愈，不代表他们不需要为自己创造更好的生命状态。

昨天一位来访者跟我说，从小身为小学老师的妈妈既给她们姐妹无尽的照顾与爱，也对她们非常严厉，除了小时候会当众扇她们巴掌之外，即使是现在，面对三十多岁在外资企业上班的她，妈妈有时仍会习惯地对她说出"你是妓女吗？你是垃圾吗？"这样的话。当我探问她的感受和回应时，她说："也没什么啊，反正她就是这样，刀子嘴豆腐心，她其实很爱我们的。我会很平静地跟她说'对啊，我就是垃圾啊……'。"

亲爱的易晴，你看到了吗？如果我们把爱与伤视为不可并存的两极，那么感恩于父母给出的爱，或者心疼父母辛苦的孩子，就会无法承认自己受伤了。就像一个踩到母亲放的捕兽器的孩子，他会说："哎呀，其实妈妈放捕兽器也是为了保护我们，怕我们跑出去有危险，也担心坏人进来。你看，如果没有这些捕兽器，我们就不会待在安全的家里啦！而且，也不是到处都有捕兽器，这次是我自己不小心没避开。"如果别人关心他、问他："但是你受伤了啊！"他会看看自己血迹斑斑的脚踝，然后没事般地笑笑说："其实没有那么痛啦！习惯就好，爸爸妈妈其实对我很好，只是因为太爱我才会这么紧张。"

为什么我们受伤了，却还会笑看自己的伤？因为我们以为，只要假装不痛，只要只看见爱不看见伤，或许一切就没事了。我们带上幸福美好的光环，高举着爱的光亮，内心却埋藏了真正的感受。我们选择了远离真实的自己。

还有一个女孩，她外表看起来完全属于光鲜亮丽的人生赢家，但没人知道她已经被长期的高压逼迫到身心几乎崩溃。在心旅行中，她始终无法碰触自己过往的伤，不是不愿意，而是完全看不到，也接触不到。每一次说起父母，记忆中都是父母对她与弟弟妹妹真实的付出、温暖、开明、支持的爱，但同时，她对自己的高要求所产生的焦虑与痛苦，却是那么强烈。

我们是在极缓慢、极缓慢的速度里，才挖掘出她童年时置身于高成就的爸爸和极优秀的弟弟妹妹身边，有多么自卑、痛苦。尤其是每次爸爸教她学某个东西，教了两三次就忍不住暴躁地说"这么简单你也不会"时。这句话成了她内在不断质疑自己，也无止境逼迫自己的重复魔咒。

我们在原生家庭里最被束缚的，也最感到痛苦的，往往不是伤，而是混杂了爱与伤的两难。当我们掉进二元对立的认知陷阱里，面对无法并存的两难，我们就开始在爱与伤、光与暗之间做选择……

爱你的　苏青

亲爱的苏青：

是的，我的确是忘掉伤、选择爱，我的确是丢掉暗、选择光。

此刻，我打出"光"这个字，前面好几次因为打得太快，计算机屏幕上出现了"孤"这个字。我不禁想：或许我的"光"就是"孤"？

我好像看到，过去我在心底不自觉地拒绝依赖任何人，我认为我就是自己的光。可是其实那个光也是暗，是失望，是伤心，是死过一次的痛、无助和哀伤。难道，我一直以为的爱，是在核心、最深处的"孤"建构起来的？我以为和他人连接的温暖核心里，其实藏着一块冰？

亲爱的苏青，这就是怡君和志远感受到的"表面亲和，其实疏离"的我吗？是这样的吗？

满心疑问的　易晴

亲爱的易晴：

你说，打字的错误触动你思索，也许你的光就是孤，这让我深深感动！因为我感受到，这是内在的力量与智慧在引领你觉察和洞见！我也感受到，你的"孤"与"冰"，本意不在于伤害他人、推开他人，而是保护自己，保护曾经那样彻底心碎、失望，那样"死"过的自己。

这是一条帮助我们生存下来，却无法让我们真正快乐、幸福甚至成功的扭曲的路径。就像我上次提到的那位在外资企业工作的女孩，就算她表现得再好，内心深处她的自我价值都是低的。甚至，正是自卑迫使她不断追求完美，掩盖羞愧与脆弱。这是用"对妈妈承认我就是垃圾"来平息争执所产生的副作用，这也是为什么很多人即使看来属于人生赢家，却依然不快乐，甚至忧郁、空虚、痛苦。

亲爱的易晴，我们不只要存活，更值得好好地活。我一直相信，以自卑当作内心驱力所得到的成功和幸福是虚假的。就像圣诞树，哪怕挂满再多灯饰、缎带，也是没有生命的。我们值得找回自己原本就有的美好与力量，如同在土地上萌芽、生长的植物，充满生命力地展现丰富又独特的自己！这将为我们带来真正的幸福。

从今天开始，你可以拥有一个全新的观点：爱与伤，并不是对立的两极，父母爱你是真的，但是你感受到的伤痛也是真的。让我们收下爱，同时也为自己疗伤。

生命的真相，不是两难，而是两全。就像我们总是说原生家庭对人具有深刻的影响，此刻，你和志远也正在创造小蝴蝶的原生家庭。当你通过心旅行带给自己改变，这份成长的礼物不仅是给你自己的，也是给小蝴蝶的。

人生是双赢，这才是真相，也才是我所见的美好！

爱你的　苏青

解开了长久以来的困惑

亲爱的苏青：

不知道为什么，今晚我失眠了。志远在身边睡得很熟，可是我翻来覆去怎么都睡不着。刚刚我到小蝴蝶的房间看她，发现她整个人睡得头朝下脚朝上，把被子踢得老远，可爱的模样让我忍不住扑哧笑了出来。当我把熟睡的她重新安顿好，给她盖好被子后，我突然想起了这趟心旅行刚开始时，我在你工作室里无心挑选的那只少了右手臂的受伤兔子。不知道为什么，我突然挂念起它。

现在，我坐在书房里，电子闹钟显示时间为2：35。夜很深，世界很安静，好像只有我一个人。月光静静地洒进来，洒在我眼前的手札本上。曾经，我依着你的建议写下来的文字跳入了我的视线：

看不到伤口的伤口，还是伤口吗？

看不到伤口的伤口，还会疼痛吗？

看不到伤口的伤口，还需要疗愈吗？

随着这趟心旅行，生命故事的脉络仿佛串联了起来，我当时的困惑也开始向我展现线索与答案。我逐渐明白，看不到并不代表不存在，只是我一直把它遗忘了。

无眠的　易晴

轻轻叹了一口气，像是为了舒缓自己因为遗忘而懊叹的心情，易晴停下了敲打键盘的双手，起身走到书房角落的一个玻璃书柜前。书柜里摆放着她和志远收藏的旅游书、旅行手札，还有一些相册和旅行纪念品。易晴随手翻阅这些好久没碰的书和笔记本，一段段回忆开始跃现眼前。

看着看着，突然之间她的目光停驻在一件物品上，那是刚结婚时志远出差带回来的小礼物——俄罗斯套娃。她拿起，走回书桌前，然后把原本一个个套叠的俄罗斯套娃由大到小在书桌上排成一列。她的目光来回在这七个乍看相似，但大小和图案细节其实不同的俄罗斯套娃上游移着。映着窗外洒进来的月光，她的双眼里先是布满了困惑，然后好像一阵风吹过，满天浮云一扫而光。她的眼神透着恍然大悟的晶亮！

她移开眼前的七个俄罗斯套娃，再度敲起键盘……

亲爱的苏青：

刚刚我突然明白了一件事：一直以来，我就像俄罗斯套娃！我的意思是：从最外层开始，一层一层向内，它们分别是独立的我、勇敢的我、努力的我、坚强的我、乐观的我……每一个俄罗斯套娃都是我。只是，那个最内层、最小的俄罗斯套娃，其实是一个受伤的小女孩！这就是我的实相吗？

求解的 易晴

亲爱的易晴：

看起来，与俄罗斯套娃重遇的美丽机缘（你称之为巧合，我却觉得是与你内在的成长相呼应的美丽力量），好像替你解开了长久以来的困惑——为什么你始终有一种很深的矛盾自我感，有时候是独立坚强的女人，有时候又是一个慌张无助的小女孩。

一路走来，我看着你逐渐渴望接触你的暗影，看见你被压得很深的过去的愤怒与伤，它们需要经过多次支持和逐渐出现的允许，才能脱开懂事、理解、体谅、爱（也就是不断在你的画中出现的彩虹、莲花、菩提叶）这些既是"超脱"也是"压抑"的强大力量。直到最后，它们才能真实地被你看见。

不过，你的彩虹、莲花、菩提叶其实也并非意味着真正的超脱。结合荣格的人格原型理论及我的经验，我觉得所谓的英雄之旅，其实是一段必须逐步前进的完整历程——从天真者、孤儿、流浪者、斗士、殉道者到魔术师，再复返天真者。

这些年我观察到，有太多太多从完美幸福的伊甸园坠下后一无所有的"孤儿"，直接就跨级跳进"殉道者"的牺牲奉献里。就像和你一样的小大人们，丢弃了受伤、愤怒、无力的"孤儿自己"，转而位移到妈妈身边，和她一起成为体贴付出的大人，成为伟大慈爱的"殉道者"。我看见，一场发生在内在的分裂对立，自此开始。

你邮件里描述的与内心俄罗斯套娃相遇的月夜，对我来说，是一场美丽奇幻又珍贵的自我探索与引领！别害怕，你心底明亮的月光一直在指引你前行。

和你一起沐浴在月光下的　苏青

第九章

新生

她开始明白，这才是真实完整的自己

亲爱的苏青：

每次和你对话都有如在巨大的黑暗中提着一盏小灯行走，你的爱与智慧就是那盏灯，始终陪伴着我。我每向前一步，下一步就会隐隐地显现，我不知道究竟会发生什么，但就是奇妙地一步一步慢慢地向前，然后一次又一次看到全新的风景。

"你是不是决定，为自己停止这场持续多年的自我杀伐？"这几天，你说过的这句话不停地在我的心中回荡，让我在上班的时候，陪小蝴蝶画画的时候，或者刚刚志远睡前跟我说下个假期是不是带公公婆婆一起出去玩的时候，我都一直走神。现在趁着他们都睡了，我决定放弃逼自己入睡，起身找出我的画着快乐小女孩的心画。我感觉到，我的快乐小女孩在呼唤我！她的红裙之下是满满盛开的花；她的头顶上有云，有飞鸟；她有红色的长发，头顶还戴着一顶黄色的皇冠，她是如此丰富且开心。

　　我曾经是这样的一个小女孩,可是这么久以来,我居然把她遗忘了。亲爱的苏青,我很想念她!我想念这个快乐开朗的女孩!原本我觉得很恐怖的火焰,在她身上,却可以是充满活力的美丽红裙,我想要像她这样活生生地活着!现在我真的感受到,丢掉这个火焰实在是太不值得、太可惜,也太愚笨了!

　　亲爱的苏青,我想拿回我的"火焰"!

易晴

亲爱的易晴:

　　在人类进化的历程中,火一直是非常重要的里程碑。我相信,你愿意拿回火焰,也意味着正跨向一个全新的"进化"!下次见面时,如果你愿意,或许我们就从你的"火焰"开始。

爱你的　苏青

　　这一天,才坐下,易晴立刻递给苏青一张画,苏青注意到易晴今天难得穿了件红色裙子。

　　"这几天,我重新把这张让我的心大声喊出'我不要你'的心画拿出来看了。"

　　"是吗?"接过易晴递过来的画,苏青问,"有什么新的发现吗?"

　　"嗯,这个大大的黑色'×'还是让我觉得触目惊心!"易晴皱起了眉头,"不过,这次有一点不一样,这团火焰原本让我觉得很恐怖,但现在好像多了一些悲伤可怜的感觉。"

"你愿意多说一点吗?"苏青邀请。

"就是,我觉得这团火焰在说:'请你救我!请你爱我!'"易晴说。

"你的意思是,你多懂了一些你的愤怒?"苏青问。

"对!我好像开始感受到,我的愤怒不是生气,它是想要靠近,它是想要被爱,它是不知道该怎么办,就和一岁多时被关在小床里哭着要妈妈抱的我一样。那个小女孩看起来像是在任性、愤怒地大哭大喊,但她其实是在求救。她在说:'妈妈,我爱你!但我不知道怎么办,我没办法做更多了,我真的快死掉了,我真的撑不下去了!'"易晴答道。

"所以这团愤怒火焰的出现是为了?"苏青声音柔和也稳定地继续探问。

困惑的表情浮现在易晴脸上,但她紧接着睁大了眼睛,既惊讶又恍然大悟地说:"它其实是想守护我的安全底线!"

苏青微笑:"你认出真正的它了!"

易晴看着苏青,双眼里闪烁着开心的光点。接着,她的脸上出现了一个灵光乍现的表情:"哎呀!我突然想到……"她急忙低头翻找画册,找出了那张画着身穿红色长款蓬蓬裙的无手女人的心画。

"你看这件红色长款蓬蓬裙,"她边把画递给苏青边兴奋地说,"是它让这个女人既有活力又优雅,而且充满了魅力!"

看着易晴的新看见和新诠释,苏青的心里充满了感动和力量。她说:"是啊,孩子,愤怒也是一种沟通、一种表达。就像你给这张心画的命名:穿红色长款蓬蓬裙的成熟女人。女人和花朵一样,有时优雅,有时怒放。记得,'怒'中的魅力,我们不需要回避。"苏青向易晴眨了眨眼,大笑开来。

苏青的发色已然灰白,易晴看着苏青脸上的大笑,突然感觉仿佛叠印着一个开心、开朗小女孩的快乐和自由。她豁然了解,原来一个真实自在的女人是这么美、这么有活力!温柔也好,生气也好,都是真实,都是魅力!她喜欢这种自由,她喜欢这种丰富。更重要的是,她开始明白,这才是真实完整的自己!

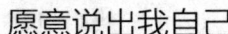

愿意说出我自己

这一天,易晴和苏青一起做面包,她把双手插进柔软、温暖并富有弹性的面团中,体会着那种如同触摸肌肤的感觉,再拿捏如何运用全身与手腕的巧劲,把力量揉进面团里。易晴从来都不知道,原来亲手做面包是这么有趣的享受!

"小时候,我妈妈也很会做菜,我不常跟邻居家的小朋友出去玩,而是常常和她一起待在厨房里,当她的小帮手!你知道吗,从小我妈妈就说我是她最贴心的小帮手!"易晴的语气里满溢着开心和骄傲。

"最贴心的小帮手……"苏青重复了这几个字。

"是啊!我喜欢当妈妈的贴心小帮手!"易晴脸上漾着开心的笑容。

"比跟一大群小孩出去玩还喜欢?"苏青轻轻探问。

"嗯……"苏青注意到,易晴在放缓的语速里靠近真实的自己,"嗯,不是。因为那时候我还很小,可能才不到十岁吧,如果可以,我其实更想跟小朋友一起出去玩。"易晴诚实地说。

"我有点好奇,"苏青一边捣着红豆馅,一边问,"妈妈知道你替她做了那么多吗?"

"嗯,应该不知道,因为我都习惯不说。"

"你不说,可是你期待?"

"我期待……她懂!"

"懂什么呢?"

"懂我爱她啊!懂我会为了她放弃我喜欢或者渴望的事情啊!"

"如果她懂这些的话,你觉得她会?"

"她会很开心呀!她会知道我的付出,她会……很爱我。"

"如果你从小在关系里建立的互动模式是这样的,万一别人不能懂你的话,你的感受会是?"

"我会觉得,"易晴一边按压着面团,一边斟酌着心里的感觉,"痛苦、伤心,还有绝望。"

"绝望?不是失望,而是绝望?"苏青停顿了一下,话音温柔,"这让我联想起之前的那个美人鱼意象——对于无法为自己开口的你来说,'别人不懂你'意味着你被丢在'噤声地狱'里,没有人可以拯救你。你就像交出声音的美人鱼,被沉在暗黑无声的海底。你的绝望感从这里产生?"

苏青像是技术高超的师傅,用精准又高度的同理迅速按到了正确的穴点,让易晴停下了原本揉面团的双手。深深吸了一口气,又缓缓吐出一口气,更多的记忆流进了易晴的心中。

易晴说:"我记得高中的时候,我被联考的压力压得不能呼吸。有一两次,我受不了了,情绪大爆炸!我指着窗外跟妈妈说,我真的好想直接从那里跳下去!但是妈妈完全不懂我为什么突然反应这么大,只能跟着我一起哭。当时我心里的呐喊是:'为什么你不能懂我?我已经那么努力逼自己了,你难道不知道吗?你为什么会不知道?'我感觉自己掉进一个伤心、失望、无助、痛苦、愤怒的黑洞里,整个被吞噬了。"

"如果以你现在的视点来看,也许妈妈不懂你,但那就意味着她一直都不想懂你吗?"苏青的话像是在暗夜中突然亮起的一盏明灯,照亮了一方空间。

"嗯,用现在的我去看?我好像可以听见更多,妈妈说这句话的语气不是指责,而是她搞不懂,她觉得心痛。"

"所以你搞不懂你的妈妈真正说的是什么?"

"妈妈是在说,"易晴的语速再度放缓,一些字句开始从她清明的心中流淌出来,"妈妈是在说'我很爱你,我不希望你受苦,但我不知道怎么帮你'。"下意识地,易晴再度触摸起面团,感受那份柔软的触感从双手传递到心里。

"妈妈想懂我,但我总是不说,或者说不出来,这让她觉得很困惑。妈妈不懂我,不代表她离开我。"沉吟了一会儿后,易晴原本困惑的双眼逐渐漾起光芒,"妈妈不懂我,但她爱我!"

苏青微笑:"这个新的体会带给你什么样的触动呢?"

"嗯……"易晴尝试疏理自己脑中浮现的新想法,"即使我不被懂,但是,当我看见关系里存在的爱,我就可以只是失望,而不是绝望。"

"这个新的观点又会怎样影响你和别人的关系呢?"苏青问。

"如果我只是失望,而不是绝望,我就不需要关上和别人连接的大门,我就不需要离开别人了!"易晴眼睛里的光芒再度闪现,"是这样的吗?"她急切地跟苏青核对着。

苏青把最后一个红豆馅面包放进烤箱,擦了擦手,从长桌边拿了张便条和一支笔,坐下来:"看来,以前的你有一个'爱的方程式',它是这样的——"她在便条上写下两行字,"懂我=爱我;不懂我=不爱我。可是现在,你不需要通过懂或不懂来检视爱存在或不存在,你开始看见,就算他人不懂你,你也不需要不自觉地用断裂的方式来保护自己,你可以跟他人继续有着爱的连接和靠近。"

苏青迟疑了一下,她决定提出一个冒险的邀请:"你愿意再往前走一步吗?如果你渴望的是爱,是建立连接,你愿意问问自己,有什么是我可以为自己,也为这段关系多做一点的吗?"

"有什么是我可以为自己,也为这段关系多做一点的吗?"易晴一边重复着这句话,一边认真思索着、感受着。小星星再度聚集在易晴的眼眸中,她停止了思索,说:"我可以多跟对方说一点我自己,说我的感受、我的想法、我的期待……"

"天啊！"她惊呼了一声，"愿意说出我自己，是我付出爱的新方式！愿意说出我自己，是我为关系努力的新方式！"惊讶、兴奋、惊奇就像一个个飞扬的泡泡，出现在易晴的声音里。

太阳逐渐西斜，温柔的金色光线洒在两个女人的笑容上，一个个手作红豆面包开始从烤箱中散发诱人的香气……苏青始终知道，直接给答案就像拔苗助长一样无益，一路耐心陪伴易晴的她，等到了易晴自然花开的珍贵时刻。

我的心曾经这样死过

亲爱的苏青：

　　上次和你对话后，我才发现，原来一个观点的改变会为我带来这么大的不同！这两天，我一直想之前我们讨论过的——过去我不自觉紧抱着"爱与伤害不能并存"的想法，我也有可能改变它吗？于是刚刚我试着自由书写，很奇妙的，我的笔下出现了这些文字：

断裂，是爱与伤害的两难！
断裂是在说："我爱你，所以我要隔开你，不然你会被我伤害。"
断裂是在说："我爱你，所以我要隔开你，不然我会被伤害。"

靠近和拥抱，只是被迫分离的前奏曲。
我一直执意拥抱的是光，但其实我心底彻底明白的是暗。

一切终将失去，不复存有。

我的心曾死亡过，知晓那无声无尽的暗与冷。
我不会再让自己回去那里。
我在光的世界里舞蹈，远离暗的核心，
这明亮之梦，就可以继续……

亲爱的苏青，这些文字让我感觉很陌生，可它们又明明是从我笔下写出的。我既觉得诧异，也为自己感到心疼——原来，我的心曾经这样死过……

感到心疼的　易晴

亲爱的易晴：

我感觉到，自由书写是你的另一种心画，只是媒介由画转成了文字，它同样让你被噤声的心绪得以在不自觉中涌动、流淌。这些文字是你心碎的呢喃：正因为你曾经历过如同死亡一般的心痛与绝望，知晓那无声无尽的暗与冷，你才选择了光（爱），否认暗（伤）。但是，亲爱的易晴，多年之后，你也终于明白，即使远离暗的核心，那明亮之梦也无法继续。这是因为，永昼的明亮是虚假的美梦，因为无论是他人还是你我，都不是神，我们只是人，我们都做不到只给出爱，没有伤害。我们不需要用否认伤害的方式去伪饰爱，我们不需要用否认伤害的方式去垫高爱。

  我深深感受到，以"天真者—孤儿—流浪者—斗士—殉道者—魔术师"这样的顺序来展现英雄之旅是有意义的：当天真者从天堂落入凡间成了孤儿，如果他没有经历过流浪者只身上路、害怕慌张地闯荡，逐渐进化成为为了求生存而锻炼并获得勇气及能力的斗士的历程，就直接跳到为他人牺牲奉献的殉道者角色，即使他看似发光温暖，但其实内在冰冷空无；或者他直接跳到魔术师的角色，拥有超凡神奇的魔力，其实也只是一场幻梦。无论那光看起来多么明亮，其实内里的实相是冰冷的暗夜啊！

爱你的　苏青

亲爱的苏青：

  你的话让我想到之前许多朋友曾经给我的这句反馈："你很奇妙，感觉很亲和，但又好像很疏离。"这句话精准地指出了我的内在状态：既渴望爱，又怕被伤害；既渴望给爱，又怕带给他人伤害。这样两难的我在"自己"与"他人"之间摆荡，在"亲密"与"疏离"之间折返跑。只是这样纠结卡住的内在模式，我一直没有察觉罢了。

  写到这里，我也想起了从小没有看过爸爸妈妈吵架的经验。我仍然深深明白及感谢这个经验带给我的礼物，那是在性格底层饱满的安全、爱与信任、光亮。但是，现在的我也多了一些看见——我相信，那其实也是我的绵羊妈妈用忍让和妥协换来的。只是我以前只肯用童话般完美的眼光来看待它罢了。

对自己有所觉察的　易晴

亲爱的易晴：

　　当你看到这些，你是不是开始体悟到一件事：真正的爱，不只存在于共鸣快乐的时刻，也存在于差异、愤怒、失望、伤心的时刻？

　　我们可以争吵时充分表达自己，因为我们懂得如何和好；我们懂得如何在一次一次的冲突之后，继续说"我真的爱你"，继续一起手牵着手，更靠近更安心地往前走。这是既表达自己，也接纳理解对方；知道即使存有差异，即使受伤愤怒，也知晓彼此依然饱满地爱着对方。而且通过一次次真实的表达——无论是拥抱还是争吵——更加靠近，关系与爱也更扎实、安稳。

　　你期待这样的关系吗？

爱你的　苏青

亲爱的苏青：

　　如果说，之前我执意要的是光，现在我看到的新图像是：在爱里，的确仍然有伤，但是不完美的我们，仍然彼此相爱、支持、陪伴。这真的好美！我想要和志远还有小蝴蝶一起，学习这样的关系。

期待的　易晴

接受别人的付出

亲爱的苏青：

前几天我跟志远大吵了一架，虽然我觉得有点惭愧和沮丧——心旅行了这么久，学习了这么多，我还是没有修炼好！

可是沉淀了一两天后，就在昨晚，我跟志远好好谈了一下，即使气氛还有一点僵，我想我还是进步了，至少不觉得争吵就一定代表关系毁灭，我已经可以跟志远一起练习争吵之后的和好了。

不过，这次争吵也让我知道，在我心底好像有一个声音，它说："这个关系我可以不要，我不要别人为我那么辛苦！我不要别人为我那么为难！"

亲爱的苏青，这个心底的声音震惊了我！我发现，别人为我辛苦这件事，比如之前志远为了我扛住婆家的压力，虽然他说那是他的选择，或者你为我打破惯例，这些对我来说，竟然都是如此难以承受。这是因为"绵羊我"又过度为人着想了吗？

不解的　易晴

亲爱的易晴：

无论原因是什么，只要有觉察，就意味着你已经走在改变的路上了。

你的"绵羊我"习惯把他人当成主体，所以建立人我界限才会这么困难。可是，你发现了吗，你过度位移到他人位置的体贴，反而会成为别人靠近你的阻力。就像志远说的，那是他为自己做的选择，就像我为你调整时间或者打破惯例，也是我自己的评估和选择，这些都跟你没有关系，你不需要为我们承担什么。对于别人在关系中的努力和付出，你可以只接受，不替对方心疼吗？

爱你的　苏青

亲爱的苏青：

谢谢你跟我说那是你们为自己做的选择，跟我没有关系。这帮助我不位移到你们身边，而是更安稳地站在自己的位置，也让我对关系有了一个新的体会——对方就算觉得辛苦，仍愿意在关系中努力，就代表他想要保有和我靠近的关系！

我觉得很感动，有一种轻松和开阔的感觉慢慢地流出来。

我不再需要以离开关系的方式来体谅、照顾、心疼别人，而只需要看见并且珍惜他们想要跟我靠近、继续保有关系的心意。只要好好地对关系付出，就可以了！

是这样吗？

感谢你的　易晴

亲爱的易晴：

真好！你开始逐渐体会到了，你值得被这样对待、珍惜，被身边的人用心地维持彼此的关系。

这些年我的确很深地体会到，对于从小就习惯负责、承担的小大人来说，在关系中要学习的，反而是接受别人的付出。给予，其实比接受来得简单，因为当我们给予时，自我是有力量的，而接受则是一种需要的表现，因此也显得脆弱。可是一段成熟的关系，正在于双方都能平等自在地接受另一方的给予。这意味着双方都处在一个有所需要的（脆弱）位置上，反而会形成最深层的靠近与连接。各自完整，同时又接受彼此的给予，不害怕、不介意处在需要的位置，这是信任，也是真正的自信。当脆弱与独立、温柔与刚强、依赖与负责这些看似对立的特质完整地在我们身上并存时，那才是圆满！这不仅是个体的完整、圆满，更能帮助我们创造关系里的完整与圆满。

这，是你想要的吗？

爱你的　苏青

真正活出自己

苏青把托盘放在桌上的时候,易晴正窝在沙发里,一只手托着自己的脸颊,仿佛在沉思。

"怎么啦,看起来眉头深锁,在想什么事吗?"苏青问。

易晴稍微坐直,说:"前两天,经理把我叫进办公室,跟我说接下来有个计划,要调派一个人到上海协助一个重要项目,大概需要半年的时间。"

"哦,是吗?又是一次外派的机会?我很好奇这次你有什么样的心情和想法。"

"嗯……你知道的,以前我都是直接拒绝,但是这次我想接受这个挑战,我有信心做好,我也打算跟志远好好谈一谈。"

"听起来,你和以前不一样了,不再是讨好地体贴别人、猜测别人,然后压抑自己的渴望,而是选择说出口,愿意跟志远讨论。我看见,不管这次的结论是什么,你已经开始创造'我在，你也在'的新关系了！"

"哇！能被你这样'认证'好开心啊！我也真的觉得这次不太一样，好像心比较定，整个人也比较稳。我不知道怎么说，但是这种'在'的感觉真的很好。这是因为'猎豹我'开始出来了吗？我很清楚自己想要去试试这个挑战，也不担心志远，因为他有能力照顾好自己。甚至，在这段时间，我也发现他其实愿意支持我，甚至很欣赏有能力的我。但是，"易晴原本利落清楚的语气有了迟疑，"我仍然挂心小蝴蝶，虽然在生活上有爸爸、奶奶、姑姑照顾她，但她毕竟还小，还需要妈妈。她可以适应吗？她会不会很受伤？以前即使我妈妈那么全心付出，我都受伤了，现在我可以这么自私吗？我会不会也让小蝴蝶受伤？"

"我听见你对小蝴蝶的爱，听见你的担心，也听见你认为'妈妈不可以自私'的观点，这么多重的心思，一定让你很焦虑、很沉重。可是，"苏青停顿了一下，"你有想过吗？你可以直接问小蝴蝶呀！去跟她说这件事，告诉她你的想法和顾虑，也听听她的声音，了解她怎么想。这也是你和她很棒的连接，不是吗？"

"跟小蝴蝶讨论这件事吗？她才八岁呀。"

"我一向认为，孩子其实什么都懂，只要你愿意好好跟她说、听她说。所以我从我的女儿若安很小的时候开始，就会和她讨论、对话。"苏青轻叹了口气，由衷地说，"结婚、生小孩之后，我们的角色就更多重了，职场和家庭之间的两难，的确是太多女人共同面对的真实挑战。不瞒你说,我也曾面临和你现在一模一样的困难抉择。"

"真的吗?"易晴双眼发亮,"那你是怎么处理的?你跟女儿讨论了吗?那时候她多大?你是怎么跟她说的呢?"

感受到易晴一连串的发问背后是困局者满满的疑惑和期待答案的渴望,过来人苏青理解地笑了。她端起茶杯啜了一口茶,然后不疾不徐地回叙起那段曾经的历程:

"那一年我的小若安才九岁。当时我跟她说:'妈妈面临一个很重大的选择,你是我很重要的人,而且这件事会影响到你,我很想听听你的想法。但是这是一个很大的决定,没办法只以你为主,妈妈希望你知道,你的想法会是我很重要的考量。'我还跟她说,因为这个讨论很重要,所以我们有一个下午茶之约,请她选一个她喜欢的茶店。

"我记得,那天下午,我一边和她吃着由她精挑细选的草莓蛋糕、喝着她最爱的奶茶,一边跟她解释北京的工作邀约。我细细地跟她说为什么这份工作吸引我——可以发挥我的能力、实践我的梦想,也能为我未来的工作发展奠定更好的基础;另外,这是一份条件很好,可以为我们的家庭提供更安稳的经济来源的工作。

"我清楚地让她知道,如果真的做了这个选择,时间预计是一年。在这一年中,我可以承诺她每个周末我都会飞回台北跟她相聚。同时,我也很真诚地跟她分享我的犹豫和迟疑——她是我很重要、很在意的人，我很希望可以更好地陪伴她。"

"天啊！你的表达真是太完整了！这是沟通示范了吧！"易晴忍不住惊呼，但她又忍不住追问，"但是我还是很好奇，她的反应是什么？她答应了吗？九岁的她真的听得懂吗？她没有大哭或闹别扭吗？"

苏青轻轻笑了一下，说："我们都不能低估孩子的内在智慧和力量，她的反应完全在我的臆想之外。当时她一边吃着蛋糕，一边听我说，我说完后，她并没有直接回答我，而是拿出故事书跟我玩了一下，又继续吃了几口蛋糕，然后才开口跟我说。"

满脸的惊讶写在易晴的脸上，她说："什么！她没有说好也没有说不好，她说要再想一想？哇！真的太不可思议了！那你是怎么回她的？"

带着笑容，苏青往自己的茶杯里加了些茶，说："坦白地说，我看了她的反应也很惊讶，应该说，更多的是欣赏。我知道这孩子是很真诚地跟我对话，所以我更真诚且尊重地跟她说：'妈妈也觉得这是一个很大的决定，需要时间想一想。没关系，你可以慢慢想，等你想好了跟我说，我们再喝一次下午茶，然后换妈妈听你说你的想法好吗？'"

"原来你是这样和女儿对话的啊！你的回应让我好感动，有好多的理解和接纳，好多的爱和尊重。"易晴的眼神里闪耀着深受启发的光芒，"那后来呢？后来你们真的又谈了一次吗？"

"大概过了一个星期吧，有一天晚上她突然跟我说：'妈妈，我想好了。'于是周末我们又一起去喝下午茶，她一样点了最喜欢的蛋糕和饮料，我也享受着我的咖啡。就这样一起先享受了一段轻松的时光，然后她再度跟我确认各种细节，包括我去多久，每个周末是否真会飞回台北。我详细地回答她的每一个提问，也留意并尊重她在这期间需要我和她及其布偶玩一下，或者回答她对窗外各种新鲜事物的好奇发问。我安心地跟她互动对话，不急不焦虑。就在她低头开心地吃了一口草莓冰淇淋之后，她抬起头，脸上有一抹慧黠的微笑，开口跟我说：'妈妈，我觉得你可以去北京工作。'"

易晴眼中泛着微微的泪光，她找不到任何一句能表达自己心中震动的话。她从来没有想过，母女之间，或者是任何两个人的关系，居然可以这样连接。她也没想到，这还不是苏青和九岁小若安互动的结尾。

苏青继续说完了后面的故事："我跟我的小若安说：'谢谢你！妈妈感受到了你的爱和支持！这让我觉得很温暖、很感动！不过，就像妈妈之前跟你说过的，这是一个很大的决定，所以妈妈答应你，我会很认真地从各方面思考。'"那个午后，在明亮的茶店里，年轻的苏青给了小若安一个大大的拥抱。她在小若安的耳畔轻声地说："不管妈妈最后的决定是什么，谢谢你爱我，我也很爱很爱你。"

"后来，我到北京工作了一年。当然，其间我也真的做到了对若安的承诺，每个周末都飞回台北和她相聚。这在任何关系中都很重要，让我们坚实地建立爱与信任。"分享完这个多年前的故事，苏青整个人仍笼罩在感动与温暖交织的迷人光晕里。那里面有真诚，有等待，有理解，有支持，更有两个个体同时存在的饱满的爱。

被这一切深深感染的易晴，早已卸下一进门时的慌乱快速，一起跟着缓慢并饱满了起来。再开口时，她的语气充满感动和安稳："这真的是好美的一段互动，谢谢你分享这个故事。我会找时间约小蝴蝶喝下午茶，不管最后的结果是什么，能跟小蝴蝶这样好好对话就已经很珍贵了！我很期待！"

"是呀，好好对话能让我们在关系中创造真诚的连接——不管结果如何，即使彼此仍有差异，都依然能感受到互相的滋养与爱。"苏青话语里安然自在的力量慢慢流进了易晴的心底。

亲爱的苏青：

　　我很感谢今天你给我的分享，让我看到更多的可能，也让我感受到，事情其实可以有很宽广的弹性空间，而不是我以前觉得的非黑即白那样绝对。这让我感觉到，我的猎豹可以放心地出来奔跑了！我也发现，我真的很想念充满力量又精准明快的它！只是，我不知道该怎么做。

　　亲爱的苏青，我想知道，曾经被你关起来的金色翅膀老鹰，你是怎样让它重新开始飞翔的？

易晴

亲爱的易晴：

不论是我的金色翅膀老鹰，还是你的猎豹，它们都不在我们的外面。它们，一直都在我们的内在。

我记得，在走上探索与改变的心旅行之前，无论是职场中还是生活中与我熟识的朋友，都跟我说过："你看起来很温柔，但其实你的内在很坚定。"后来在心旅行中我才了解，其实无论我接受与否，或无论我如何用力禁闭我的金色翅膀老鹰，它一直都存在。

不过，认出金色翅膀老鹰之后，我体会到，它不是立刻就能展翅高飞，而是逐渐地练习稳稳地飞翔。直到现在，我仍然不断在练习。比如，过去做出的很多人生选择，我虽走了非主流的路，但心中其实仍是困惑的。现在，当我越来越跟金色翅膀老鹰靠近之后，对于我的非主流选择，我感受到的是越来越清明的安定感。

是的，我有自己的看见，我有自己相信的价值，也许并非与大家所见的相同，但是我愿意走我自己的路。当我愿意走自己的路，尽管前景仍然未知，我却依然能够拥有一种安然，那是一种自在的敞开、高飞的畅快。

从小父母给我教养，给予我天性里美好的本质，这让我知道，每一个高度的天空都是开阔的。于是，每一种鸟，都有它们各自翱翔的空间。或者，每一种海拔都是丰美的存在空间，生长于各个海拔的每一种植物，都有各自完整、美好的生命，都有着自己的本质与价值，都值得相同的尊重与对待。

　　踏上心旅行后，我懂得了无须用"证明我不好"的方式来保护别人，无须用"隐藏自己"的方式来融入别人。不用证明我不好，不用隐藏自己，我一样可以活出属于自己的完整生命。我们不用证明"我很好"，也不用证明"我不好"。我们都是独特珍贵的存在，只需要真正地活出自己。无论是我的金色翅膀老鹰，还是你的猎豹，都是值得我们活出的完整自我。

　　荣格说："与其做好人，我宁可做一个完整的人。"我体会到的是，做一个完整的人，才可能是一个"真实"的好人。期待看见你的猎豹奔跑时漂亮的姿态！

爱你的　苏青

成了一个更有力量的人

亲爱的苏青：

　　这两天当我继续思考要不要接受外派机会的时候，我突然在想，如果我妈妈还在世，她会怎么跟我说。我想起自己初中快毕业时，一向非常温婉，一切都以爸爸的意见为主的妈妈，极其难得地强烈反对爸爸要我念护校的提议。娇小温柔的她坚定地说："不可以！她要念大学。"

　　现在我突然明白，在那一刻，她少见地强烈发声，其实是为了捍卫我的完整。领悟到这一点的时候，我感觉到，如果妈妈现在还在世，她也会欣赏并开心我能够完整地活出自己！

　　我感觉到了我和妈妈的连接，一股暖暖的力量流进了我的心里……

感受到温暖和力量的　易晴

亲爱的易晴：

你的这段分享真美！我感受到，那不仅是母女的连接，也是两个时代的女人之间的支持与牵系！

爱你的　苏青

亲爱的苏青：

你的话让我想起了小蝴蝶——我跟她，不也是两个时代的女人吗？我这样想的时候，心底突然浮现出一个声音，它问我："有一天，当小蝴蝶长大，也成为一个妈妈，一样面对着这样艰难的选择，你希望她怎么想、怎么做？"

这几天，这个问句不断回荡在我的心里，直到我听见了自己的回答："我希望她知道，她是可以有选择的！"我想陪小蝴蝶一起站在"女人"的位置上，而不只是"妈妈"的位置上。我希望能为小蝴蝶活出一种生命的示范！然后我很惊讶地发现，当我站在同是女人的位置上看着小蝴蝶时，我好像成了一个更有力量的人！我不想再像以往一样，只活出"体贴的绵羊"，我愿意跨出和过往不同的一步，因为我知道，我的小蝴蝶很可能会追随我的脚步。

亲爱的苏青，我现在又是哭又是笑，你能明白我的心情吗？

易晴

亲爱的易晴：

你的发现让我深深感动。我看到，你已经走出"绵羊我"的旧模式，开始活出"绵羊＋猎豹"的新模式！而这股力量，不仅来自你自己，也来自你的妈妈以及女儿。这股力量既存在于家族血缘、母女之间，也跨越家族，是彼此在"女人"角色上相互滋养，并活出完整自己的爱与支持！这也正是我一直努力在做的事情。

我妈妈所处的时代是男尊女卑、重男轻女思想仍明显的时代。而我生长的时代，男女平等的概念已经逐渐成为主流。但是通过生命经验，我仍然清楚地知道，我们所处的大系统里的家庭乃至社会，常常认为女人过度温柔、体贴、退让是正常的。我从女儿若安很小的时候开始，就有意识地帮助她稳住自我的位置与价值，有意识地帮助她建立人我界限的概念，有意识地鼓励她说出自己的感受、想法或渴望，有意识成熟而尊重地与她互动，有意识地常跟她说"不论你乖不乖、好不好，我都爱你"。我清楚坚定地跟她说"我爱完整的你"。

我期待，身处三个不同时代的女人，能够既独立又连接各自的生命，彼此支持，成为完整的自己。一起连接成一个远比"我"这个单点更广阔的大圆。在这个大圆里，无论是你的体贴绵羊和精准猎豹，还是我的听得懂人话的小鹿和金色翅膀的老鹰，它们都能一起完整地存在。

我们，其实无须在两个端点中选择。

爱你的　苏青

美人鱼,请你唱出自己的歌

屋外清冷的光透过玻璃窗照射进来,突然的降温让整个世界仿佛也安静了下来。小屋的角落,一个矮胖的陶瓮里几块微红的木炭隐隐地送出暖意。苏青的声音轻轻回荡着……

"现在,请你闭上你的双眼。放松你的肩膀、你的眉心,慢下来,慢下来,有意识地允许自己慢下来。觉察你的呼吸,进入你的内在。

"在你的内在,有一个美好的地方,很宁静。你找到这个地方,感受这里的宁静、和谐、安然、愉悦的氛围。你待在这里,很安静、很温柔地邀请你的内在意象浮现。

"如果有一个内在意象浮现出来了,让它引领你,你跟随它,和它对话。"

睁开眼,灰白头发、披着一条浅灰绿色羊绒披巾的苏青跃入了易晴的眼帘。她慈柔的目光与嘴角的微笑像是温暖涵容的无声邀请，易晴开始缓缓诉说自己刚刚经历的内在奇幻历程：

我感觉自己在一片大海里，正往下潜泳。往下、往下、往下……不断深入海的深处。随着我的下潜，周围海水的颜色由湛蓝到深蓝再到墨蓝，光线也逐渐消失。

当我下潜到某一寂静的墨蓝色深海区域时，我开始不再往下游，而是往前游。渐渐地，好像前面远处有一个生命体也在游动，我看不到是什么。我跟随她往前游，希望能追上她。其实，我像是跟随，也像是被引领着不断往前游。

渐渐地，我感觉到自己逐渐往斜上方游去。光线缓慢却清晰地增加，周围的海水渐渐地越来越透光。

我游出了海面。我看见，在不远的前方，有一块露出海面的礁石。再仔细一看，一条美人鱼背对着我，斜坐在那块礁石上。温柔的金色阳光洒在海面上，洒在咖啡色的礁石上，也洒在美人鱼的身上。她的长发闪亮，身后微微弯曲的鱼尾同样也鳞光闪闪……

易晴的表情和声音还停留在半梦半醒的状态，在口述时，她为这个既幻又真的体验感到不可思议。

"居然是美人鱼！"易晴忍不住低声轻呼。

"你想到了什么吗？"苏青轻稳地探问。

易晴抬起头望向苏青："我想到之前的发现——我曾经也

是拿声音交换爱的美人鱼！"

苏青微笑着，语重心长地说："看来，你自己心中美丽智慧的自性继续在带领你，它化作一条美人鱼来和你对话，现在它终于从海底的深处浮上海面了！接下来，我相信会有更多珍贵的对话。慢慢来，就让你的美人鱼带着你继续往前旅行吧！"

亲爱的易晴：

昨天你描述的那段与内在意象美人鱼相遇的故事，让我想起三十年前我写过的一些文字。今晚我把这些文字分享给你：

有一个家喻户晓的童话故事是这样的：为了能够拥有梦想中的爱情，美人鱼牺牲了自己美妙的声音，然而最终换来的却是爱情和生命的幻灭。

如果美人鱼不是选择彻底地放弃自我，而是懂得运用她美丽的声音，淋漓尽致地表达丰沛的情感与心绪，也许反而可以像希腊神话中的海中女妖一样，让英雄们为之神魂颠倒，全心臣服。

早在几百甚至几千年前，神话故事就告诉我们，女人的魅力不在于放弃发言权，女人的魅力也不在彻底的自我牺牲中产生。尤其是在二十一世纪的现在，女人生活、女人思索、女人旅行、女人工作、女人享乐、女人成长……

女人，唱出属于自己的歌！

是不是很奇妙？因为心旅行而相遇的我们，在"美人鱼"这个意象上有了极其巧合的连接！一方面赞叹着命运的神奇，另一方面也再次确信，看似各自独立无关的生命阶段或片段，实则是一个绵延接续的生命续曲！

看似一段段各自独立无关的生命阶段，有时是显于外的涓涓溪流，有时是隐于地下的安静伏流，实则它们是同一条大河的绵长历程！曾经，我们都在不自知的情况下，将自己噤声了。我们说不出心底的话，说不出自己的渴望，说不出心底的委屈，说不出自己的被误会，说不出"我受伤了"，说不出自己的痛苦，也说不出自己的哀伤。

可是，"美人鱼"始终在心底隐隐陪伴、引领着我们。她说："请你，说出自己的话语。"她说："请你，唱出自己的歌。"

美人鱼是我们生命的光，是我们自性的光，无论是隐是现，她始终存在，始终陪伴着我们。

爱你的　苏青

从"一个人是孤单的"到"一个人是完整的"

亲爱的苏青:

你说"'美人鱼'始终在心底隐隐陪伴、引领着我们",让我的眼中充满了泪水。我感觉到被陪伴的暖意与安全。爱,盈满我的胸口。

过去我一直以为,完整是要向外的,就像大家都相信甚至膜拜的那句话:找到你的灵魂伴侣,找到你失落的另一半。于是我撑起孤单的自己往前走,只期待与我的灵魂伴侣相遇。然后遇到了志远,我感觉开心、幸福、完整。可是这些年,是时间或者婚姻的巨大消磨力吗?我越来越看到的,是我们之间的差异和距离。而现在,我好像理解了,就像我的心画一样——原来,我自己内在的核心是一座噤声的黑狱,那里没有声音,也没有光……

易晴

亲爱的易晴：

　　你用"撑起"这两个字，是因为当我们认知自己是孤单的时候，就是沙漏的状态——所有看似具备的力量，其实都不过是不断流失的假象。

　　我也曾在亲密关系中经历一次次的跌撞、挫败和失望，经历一次次交替着指责他人与指责自己的双重伤痛，甚至有了"当你体会过两个人在一起的孤单时，你就会知道，一个人的孤单实在是没什么"的痛苦与感慨。于是我离开亲密关系，重新走上一个人的旅程。

　　从"一个人是孤单的"到"一个人是完整的"，这条路我走了很久。因为，这并非是一步登天的神话历程，而是在一次又一次的反复确认里，逐渐感受到自己已然完整、具足、不缺失。

　　还记得你想要打出"光"这个字，却出现了"孤"，这让你体会到原来你以为的"光"其实是"孤"吗？现在开始反转了。你会逐渐体会到，当我们能够在"孤"中安然自在，也就是一个人的单独并完整，然后我们才能成为"光"。这"光"，既照耀自己，也照耀他人，无须取舍，没有两难。

　　亲爱的易晴，你看见了吗？"孤"与"光"这两个端点，何尝不会形成另一个完整的大圆呢？

爱你的　苏青

第十章

遇见完整圆满的心世界

从死亡通往力量

早晨的湖边，明亮澄净的湖水映照着一片悠然的天光云影，寂静里偶然飞掠过几只鸟，在湖面上留下点点移动的美丽身影，周围整片高大的尤加利树散发着微凉的清新气味。

苏青披着一条质地柔软的细羊绒披巾，正坐在一张画板前。画纸上澄蓝的天空像一朵低垂的巨大花朵，笼罩在湖面上。湖边绿荫成行，几抹或粉或紫或白的波斯菊摇曳着，万物闪耀着光彩，就连岩石也仿佛有了生命。

易晴来到苏青身后，在画纸的一角落下了影子。

回过头看见是易晴，苏青放下画笔，笑着说："起床啦？还是年轻好，能睡懒觉。永浩已经带着波波去环湖散步啦！志远和小蝴蝶呢？你们都吃过早餐了吗？"

"他们都还在睡呢！昨天小蝴蝶开心得不得了，睡得晚，所以我没叫醒他们，让他们睡饱一点。"易晴说着，拉了张椅子在苏青身旁坐下。

"这里的早晨真的好美！谢谢你邀请我和永浩一起来。"苏青说。

"哎呀，千万别这么说，能和你一起分享这次公司提案大获成功的奖励，对我来说才是最开心、最有意义的事呢！"眼中闪着如同这早晨一样明亮的光芒，易晴继续说，"谢谢你带给我的力量，让我的猎豹开始出来奔跑！"

苏青伸手轻轻搭在易晴的膝盖上，轻声地说："孩子，这力量不是来自我，而是来自你！能够在这趟心旅行里走得这么远，看见这么多新的风景，创造这么多的改变，都是来自你心中的力量。"

"是呀，是我心中的力量。"话刚说完，易晴的视线停留在苏青胸前的一个蝴蝶吊坠上。

"怎么了？"苏青关心地问。

回过神来，易晴语气里带着些许的迟疑，她说："嗯，其实我一直没跟你说，好几次我都觉得你跟我妈妈好像，都是很娇小的个子，都是无尽的温柔、包容，还有用不完的耐心。可是刚刚，在我看到你胸前的这个蝴蝶吊坠的瞬间，我的脑海里好像闪过一道光。我突然想起一个和蝴蝶有关的回忆。"

易晴缓缓地说起多年前那个既真实又奇幻的与蝴蝶相遇的故事：

"嗯嗯，我刚和他们开完会，都沟通清楚了，案子会继续进行。好，我现在就回公司，细节待会碰面再跟你说。"初春的午后，阳光洒落在整条小巷，也洒落在刚步出大楼的易晴身上。那层薄金色的阳光像是一双温柔的手，怜惜地拥抱着这个女孩。仿佛它知道所有人都没发现的一件事——在一切看来都如常的举止、作息里，这女孩的心底其实藏着一大团墨灰色的哀伤毛球。

易晴自己也不知道。妈妈过世不到一个月，她已回到原本的生活节奏中。早早上班，把丧假里落后的工作补上，下班后赶着回家陪伴和妈妈相守一生，如今陷入巨大悲伤中的爸爸，还有处理丧礼过后那些琐碎的人情事宜。

"也许有这么多事要做是好的。"那晚拎着两大包垃圾站在街角时，易晴心里这么想。第一次面对至亲的死亡，就像是第一次遇到七级的大地震，她不知道怎样的心情和状态才是正常的。她只记得，妈妈过世的第二天，一早起床，在那似醒未醒的时刻，心里浮上来浓浓的困惑："这世界怎么还是一样运转？"但下一秒，她立刻跳起来跨出房间，探望伤心欲绝的爸爸。这些日子以来，她努力压下的不只是时不时就涌上来的眼泪，更是心中困惑、呐喊的这一句："在最亲的家人死亡之后，到底大家都是怎么继续活下去的？"

垃圾车缓缓靠近的悠扬音乐声打断了易晴的思绪，她深吸一口气,随着身边陌生的社区邻居们加快脚步、追上垃圾车,一甩手,她把两大包垃圾丢进垃圾车,然后快快转身。她心里惦念着赶快回家,陪爸爸吃还剩下一半的晚餐。

在她身后,一包包垃圾已经瞬间被利落地卷入垃圾车的压缩机器里,仿佛消失于无形,车斗瞬间空了。就像易晴心中巨大的悲伤和混乱也随着依然往前、毫不停歇的日子,被碾压成一片片或墨或灰的碎片,好让出空间,让生活里的一切得以如常。

回到初春薄金色阳光无声洒落在身上的时刻,这春暖乍寒里微微的暖让易晴的嘴角不由得轻轻上扬,但她仍然没有慢下脚步,而是继续向前。直到她突然意识到,一只蝴蝶一直跟在她的身边绕着她飞舞。她试了一下往前快走,粉黄色的蝴蝶跟上她,她停下脚步,蝴蝶也随着她的停步贴近她。惊讶、惊喜、困惑的表情出现在易晴脸上,她尝试慢慢地举起右手,伸出食指……

奇妙的事发生了!粉黄色蝴蝶拍拍翅膀,居然就停在她的指尖上!真的是完全静止不动地停着!简直像一只跟易晴亲近到了极点的宠物似的。

一秒钟,两秒钟,十秒钟,一分钟……易晴在心里默默数着,蝴蝶就这样一动也不动地继续停在她的指尖上。一个个经过的路人纷纷露出惊讶的表情。

一幕宛如宫崎骏电影的定格画面就如此奇幻地发生在春日的真实世界里……

"真的不骗你！那时候我真的就呆呆地站在那里，和指尖的蝴蝶一起停留了一两分钟。后来我心想'也不能一直这样站下去吧'，我轻轻动了动手指，蝴蝶这才慢慢地飞了起来。但它又在我的手指边绕了一下，然后才慢慢飞走。"混杂着困惑和惊讶的语气淡了下来，易晴轻轻叹了口气，"很多年以后，我听人说有时候刚离世的亲人会转化成昆虫或者小鸟，飞到亲人的身边。我在想，那只蝴蝶很可能是妈妈，她在跟我告别。"

"所以对你来说，蝴蝶有另一层意义？"苏青问。

"嗯嗯，现在我也在想，我会遇到你，跟你一起走上心旅行，在旅行里重新看见妈妈和我的关系，也许这些都不是巧合。我一直有一种感觉，这趟心旅行好像妈妈一直在陪着我往前走。"

"从你刚刚的话里，我很关心的是：这么多年来，你有好好地关注过失去妈妈的悲伤吗？这只蝴蝶会不会是想带你去看一看妈妈的死亡对你的冲击？"

"天啊！"易晴不自觉地往后靠向椅背，惊讶地说，"你是说，刚刚我本来想看的是力量，可是现在却变成要看妈妈的死亡？难道死亡和力量是相连的吗？"

"我也不知道，也许它们是属于你的另一组对立两极？这其实也是心旅行神秘与迷人的地方——我们永远不知道会有什么新路径出现。只是,"苏青以探问做出邀请,"如果你准备好了,你愿意继续走上这趟也许是从死亡通往力量的探索旅程吗?"

"从死亡通往力量?"易晴一边重复苏青这句话,一边在心底轻声自问,"这一次,我敢推开死亡这扇大门吗?"

探看死亡之旅

这天,在苏青位于市区的工作室里,另一阶段的心旅行开始了。

"这一次,我们试试把'死亡'这个关键词语当作入口,看看你的心画会带你看见什么。"苏青说。

易晴点了点头,有点出神地望着长木桌上的空白画纸和那盒彩笔。"妈妈""死亡",她把这两个词语像扔小石子一样投进心湖里,感觉到咚的一声,石子沉到水底,湖面却依旧宁静无痕,她只觉茫然。这份茫然让易晴不知道该拿起哪个颜色的彩笔,也不知道要画些什么。

她不急,就这样陪着茫然的自己,等着,等着……

渐渐地,她感觉到,在心湖的底层,两个词语像是绑了线的两颗小钢珠似的,在两端轻轻地左右摇晃了起来,幅度越晃越大……

"妈妈""死亡",两颗晃动幅度不断加大的钢珠撞在一起……

苏青看着坐着不动的易晴突然伸出手,拿起黑色彩笔,在画纸的正中间落笔,不断循环并且逐渐加快的笔触逐渐形成了一道龙卷风,或者说旋涡,纷乱、扩张,而且密集缠绕。

直到易晴感觉突来的强烈情绪稍停,她才停笔,让心情沉淀,同时看着眼前这团庞大纷乱、四处肆虐的黑色龙卷风。就这么看着,另一个直觉浮起。她拿起了紫色彩笔,由黑色龙卷风的中心开始画出一个个紫点。一滴、两滴、三滴。"是血啊!"她心想。四滴、五滴。她抬起头困惑地对苏青说:"怎么只有五滴?这血怎么会流得这么少呢?为什么不像之前我画的暗影那张心画一样,流了满地的脓血呢?"

"再看看它,不急。轻轻地吸气、吐气,和它接触,感觉一下……"苏青既稳又轻地回应她。

照着苏青提示的方法,易晴轻轻地吸气、呼气、吸气、呼气,再度安静地看着心画。旁边一盏香氛灯里的马郁兰精油透过淡淡的蒸汽水雾,慢慢随着呼吸渗入了她的心中……

"啊!它好像不是血!它是——眼泪!"再抬起头,易晴望向苏青的眼神里有着小小的惊慌。"它是血一样的眼泪啊!"才说完这句话,她低头再度拿起黑色彩笔。她的呼吸变得急促,她从上往下地在整张画纸上画下了一道道细细密密的黑色雨滴。

当整张心画都被黑色的密密雨滴罩住,易晴仍然没有抬头。拿着黑色彩笔的手悬在半空中,她只是专注地看着她的心画。

苏青继续无声地在一旁陪伴、支持。

过一会儿，只见易晴继续落笔。这次是横向的线条，像是一张密实的竹帘，要把整张心画全都盖住。易晴的泪也开始无声地流下。

"我好像看到，这个画面是妈妈过世时你没能宣泄出来的哀伤。"苏青温柔和缓地说。

易晴点点头，越来越多的眼泪流下。她哽咽着说出一句又一句压藏在心底的话："妈妈一向很胆小，她一个人去那么陌生的世界，我们——爸爸、我和妹妹——却都留在这里，她一定很害怕。死亡的那一刻，妈妈会不会很痛？呼吸停止的时候，妈妈是不是很痛苦？"像是开了闸门似的，一句句被压抑的担心和伤心的话随着易晴的眼泪，从她的心底流泻出来。从原本的低泣，到逐渐释放，最后她把头埋进抱枕里，大哭了起来。像是懂得这样的心情似的，原本睡在一旁的大黄狗波波起身，摇摇毛茸茸的尾巴走过去，把头放到易晴的膝盖上。

苏青看着这一幕，给了波波一个欣赏和感谢的眼神。当她的目光移向窗外那仿佛共时性的倾盆大雨时，她原本泛红的眼睛也落下泪来。

"原来，关于妈妈过世这件事，我压抑了这么多的眼泪啊！"易晴一边整理桌上凌乱的纸团，一边不好意思地说。

"是呀，我们很多人都和真实的自己离得很远，不过，今天你很温柔地靠近了自己。即使我只是旁观,仍然觉得珍贵而感动。但同时,"苏青的停顿让易晴好奇地望向了她,"有一点我很好奇,刚刚你说出来的哀伤,好像都是关于妈妈的,不是关于你自己的。你担心胆小的妈妈死亡时是不是害怕、是不是孤单、是不是很痛,可是你从头到尾都没有提到你自己的感受。"

苏青的好奇让易晴瞪大了双眼,她沉静思索了一下,困惑地说:"我好像体会不到妈妈过世这件事跟我自己有关的悲伤。为什么会这样呢?"

"孩子,辛苦了,不急,我们慢慢来。今天你已经接触到很深的情绪,也让它释放出来了,这会让你的身心都很疲累,回去先好好休息。不急,慢慢来,下次我们再继续往下探索,好吗?"

易晴轻轻地点点头。这一天,带着对自己新的发现与困惑,易晴离开了苏青的工作室。

与谁的死亡相遇

刚坐下,易晴立刻把新画的心画放在桌上,跃入苏青眼中的,是黑白分明的十字架。"这周我在家,继续尝试用心画探看了妈妈死亡这件事,没想到只有这个简单的画面。"易晴说。

苏青注意到,在简单而明确的十字架图案中,黑色的笔触如此浓重,她感受到一股密实而强大的力量迎面压迫而来,一瞬间让她几乎无法呼吸。抬头望向易晴,苏青开口邀请:"跟我多说一说你画的这个十字架。"

"这是一个站立的黑色十字架。"才说完,易晴脸上突然出现迟疑的表情,"咦,现在越看这张画,怎么越觉得它好像变成了一个平躺的十字架?"再度看了看桌上的画,在迟疑中确认自己的感受,她说:"它厚实地躺在那里,很沉重,没有声音,被完全封住了,完全的死亡,没有呼吸,没有空气……"

苏青试探地问:"可那是妈妈,你的生活里还是有其他的空气进来，对吗？"

听到这句话，易晴脸上浮起一个苦笑，她不假思索地说道："可是那些已经死掉，已被封住的部分，不会再有空气能进去了。"

像是为了充分表达自己的意思，易晴伸出左手，立起手掌放在鼻尖，把身体切成左右两半，然后说："即使我努力让空气进来，"她边说边移动右手，做出从外往内把空气引入的手势，"可是，它也只能进到我身体的右半边。因为左半边已经被水泥完全封死了！"

"嗯，等一下……"易晴心中好像出现了更精准的感觉，她把放在鼻尖的左手掌再往右移一点，立在右脸颊的前方，"或者，封死的区域更多，应该像这样，超过三分之二。"刚说完，易晴猛然停了下来，眼睛睁得大大的，满脸都是惊讶的表情。

"还好吗？有什么新的发现吗？"苏青关心地问。

"我……我有一点被吓到了！我只是突然想到，死掉的，到底是谁？是妈妈？还是，其实从那时候开始，我也一起跟着死掉了？"更多的惊慌涌进易晴黑白分明的眼瞳里。

"你好像意识到，也许从妈妈过世之后，有好大一部分的你也跟着封存死亡了？"苏青跟易晴核对。

随着苏青的探问，另一个新画面跳进了易晴的心底。"啊，它不是这样左右切分的，它是这样的，"易晴急切地把原本竖立在右脸颊前的手掌倒下，落在下巴前，"它其实是上下切分的！

脖子以下都被水泥完全封死，一丝空气都进不去！"

苏青听着，没有开口，她选择在一旁以静默支持、陪伴，让易晴内在浮现的画面带着她继续探索。

只见易晴匆忙低头在画册里翻找着。"是这张！"易晴急切地举起一张心画，"我想起之前画的这棵大树了！那时候我跟你说，我的大树生长在很浅层的土壤里，它只能在很浅层的土壤里扎根，只能在有限的土壤里吸收养分！那时候我不懂为什么这棵大树会这样。难道，原因是我刚刚看到的这个画面吗？这棵大树其实就是我！"她声音里有着惊慌和微微的颤抖，"难道，我生命土壤的很大一部分已经随着妈妈的去世，一起被水泥封死了吗？"

"孩子，你不再替妈妈感受了，你开始接触你自己了！"苏青轻声温柔的话语解锁了易晴长久以来与自己隔离的封印。属于她的感觉慢慢地从心中流淌出来，她深深吸了口气，让原本封死的胸口扩出了更大的空间，更多的感觉汹涌波动而出。她开始低头啜泣。

苏青轻轻起身，倒了两杯茶，轻声地坐下，安静地给出时间和空间。因为她知道，此刻易晴的每一滴泪水都是一种引领，引领她慢慢地、稳稳地回到自己的主体位置。

"谢谢你……"易晴的声音里仍然残存着哽咽的余音，她忙着整理茶几上凌乱的纸团。收拾完桌面，易晴端起热茶轻啜了一口，一股雅致的茶香从口中滑向喉咙并盈满整个胃。她开口道:"刚刚我突然想,以前我一直以为的成熟,以为的度过哀伤,会不会是一种遮盖和掩饰,或者,是一种埋葬?"

苏青仍然不疾不徐地给了易晴一个安然的微笑,她说:"旅程中,任何的发现都是美好的。我很欣赏你的觉察力量,也很感动你所体会到那些关于你自己的新发现,那都是属于你的珍贵宝藏。"

与苏青道别之后,易晴刻意绕进公园里散步。她的耳畔还不断响起苏青的这段话:"会不会,在妈妈去世之后,你埋葬的不只是妈妈的身体,还埋葬了你的记忆、感受、遗憾,更埋葬了还没有被好好照顾的哀伤。而在埋葬这些的同时,某一部分的你,也仿佛死掉一般,被深深地埋葬了?"

易晴离开步道,走近一棵大树,她先是伸出手,轻轻抚摸粗糙、有结点的粗壮树干,然后转身,整个人背靠着它。顺着倾斜的树干,她微微抬高视线,看见了成排的屋宇高楼,也看见了一片蓝黑色的夜空。

她感觉自己的心里依然交杂着恍然大悟与迷惘困惑,既清又浊,但她踩踏在泥土地上的双脚,开始随着她身后的这棵大树,一起感觉到下方土壤里有种向下延伸的苏醒。

"水泥封印开始裂开了吗?"她问。

大树没有回答她。

她闭上双眼,感受着大树稳稳的承接和支持。

一阵风吹过,树叶哗啦啦作响,几片落叶轻轻落在她的脸上。

夜跑的人轻震的脚步声和微微的喘息声传来,远远地还传来了栀子花香。夜鹭轻轻地飞过。这夜,还有多久才会亮呢?

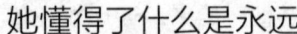
她懂得了什么是永远

亲爱的易晴:

今天离开之前,你跟我说"谢谢"。其实,这句谢谢也是我想要回应你的。虽然看起来是我陪你走了一段探索的路,但事实上,你也让我重新与自己的过往有了连接。"生命是互相滋养的。"这是我的信念,我也在与你们一起心旅行的历程里,一再亲身体验、收获。

我们常常避谈死亡,也习惯以"节哀"来面对悲伤。曾经,我也如你一般,不自觉地隔绝了关于妈妈过世的哀伤。也是在多年后,我踏上心旅行,才试着回想妈妈过世之后我真正大哭的那一天。在你开始碰触被封存的关于妈妈死亡的感受时,我想跟你分享我曾经书写下来的这段记忆:

……昨天是妈妈过世后的百日,起床之后,我仍然好好扮演着需要撑起的日常角色，应对百日习俗与前来悼念的亲友，安慰伤心欲绝的爸爸。甚至，我还负责任地接起一通通来自公司同事探问工作细节的电话。一直到深夜，当我一个人待在自己的房间，突然之间，我好像才真正意识到——我最爱的妈妈，已经过世了。

"过世"，其实是以修饰过的婉转取代直白的"死亡"。在生活中，死亡如同《哈利·波特》里必须以"那个人"名之，人们生怕一说出他的名字就会把他召唤出来的"伏地魔"。我们避免与死亡正面相对，避免直呼其名。死亡究竟意味着什么呢？

在妈妈百日的晚上，独自待在房间的我，心底突然有个声音浮起："我撑了那么久，那么久！怎么会才过去一百天？"

就在那一刻，我压抑的所有悲伤穿过了一切防线，让我撕心裂肺，我却只能低声哀号。是的，我仍需要压抑自己，低声饮泣，这样才能避免巨大深邃的悲伤穿过水泥白墙，穿过爸爸那段时间薄浅的睡眠，扰动他好不容易才歇下的悲伤灵魂。在这样的哀泣里，我在心底呐喊、哀号着："如果现在才过了一百天，未来那么长的日子，我究竟要怎么样才能熬过去？"

就在那一刻，我突然深切地明白了什么是永远。那是一个残酷的分水岭。今天之前，对我来说，"永远"这个词语后面跟着的，都是甜蜜发光的幸福。比如：我永远爱你，永远快乐，永远美丽……但是今天之后，我才真正懂得了什么是永远。永远真正的意思是：这、辈、子，不、论、我、活、得、多、久，我、都、见、不、到、妈、妈、了……

在那一天，因为妈妈的死亡，我懂得了永远。也是在那一天，我封存了妈妈死亡带给我的巨大疼痛，以及无法消化的巨大哀伤。跟着妈妈的死亡，我将某一些部分的我，一起埋葬在最深最黑的夜里。

直到多年后我踏上心旅行，重新回看那天晚上的历程，重新接触巨大的疼痛与哀伤。那时，我如同在妈妈百日那天大哭。而且，我不用因顾虑与我一墙之隔的爸爸而压抑我的哭声。在那一夜，封存多年的哀伤终于宣泄而出，我哭得撕心裂肺，久久不能自已。也是在那一夜，我终于可以开口说："妈妈，我真的好想、好想你……"

今天，当我陪着你，看着你的发现与眼泪，心中也不时浮现出自己过往的历程。正如旅程一开始时我所说的，这是一场单独但不孤单的旅行。从一开始启程时的"暗影"，到现在的"死亡"，我欣赏你如此勇敢地与它们正面相对。因为真正的勇敢，不是不害怕，而是即使害怕，仍然向前跨步。

让我们一起，带着害怕，勇敢前行！

     愿给你紧紧拥抱与深深祝福的 苏青

原来，死亡通往的是诞生

"真的很奇妙！这周我面对空白画纸，一样想着'死亡'的时候，看着彩笔盒里上下两层六十种颜色，我突然不再像前两次那样被上层沉重的颜色吸引，而是想要停留在下层轻柔缤纷的颜色上！"一进门，易晴就忙不迭地一边把手上的心画递给苏青，一边急切地说着，"我最后拿起了淡蓝色彩笔，然后画了这个非常饱满，几乎占据整个画面的淡蓝色巨大水滴。后来我又选了像海水一样的湛蓝色，涂满淡蓝色水滴的周围，好像是一片把淡蓝色水滴温柔包裹的大海。"

苏青看着这张和上周很不同的心画，就像易晴说的，轻柔的蓝色漫成一片温柔纯净的大海。她抬起头跟易晴说："再看一下这张心画，跟它待在一起，试着感觉它，然后说说看，它让你联想到了什么。"

再一次，易晴感受到苏青声音里让人放慢呼吸的安稳魔力。

她接过画,低下头凝视,如同苏青所说的"跟它待在一起"。时间仿佛也在这个空间里轻轻地放慢了脚步……

抬起头,易晴说:"这个淡蓝色的水滴像是眼泪。"

完全没有想到,同时却又那么自然地,易晴发现自己开始慢慢地跟苏青说起关于妈妈死亡的那些悲伤:"我真的、真的很舍不得她。我真的很希望她能看到我结婚,看到我生小孩。我很希望当我经历人生的重大困惑或者大困难的时候,她能在我身边,她会听我说,给我意见,或者只是静静陪着我、支持我。我很气老天,为什么要那么早就把那么好的人带走。"一句又一句的话语接连从易晴的口中流出,她的泪也不断地落下。

苏青安静地陪伴着,并且注意到,上周易晴还无法碰触的与自己相关的悲伤和愤怒,都在这一刻完全地流动起来。

"我没想到,我的眼泪藏得这么深。"易晴慢慢地止住了眼泪。她拿起心画,珍惜地凝视着她埋藏了那么久的"眼泪"。看着看着,她突然惊讶地抬起头。

"怎么了?"苏青问。

"我觉得,这颗被湛蓝海水包裹的淡蓝色水滴有新的图像!"

"你看到的是?"

"好像是一颗宝石!"易晴急切地说,"你知道电影《泰坦尼克号》里的那颗'海洋之心'吗?就像那样珍贵的巨大宝石!不过,"易晴的脸上换成困惑的表情,"'海洋之心'好像是神秘的深蓝色,不知道为什么,我的这颗宝石是纯净的淡蓝色。"苏青微笑地听着易晴诉说自己的新发现,她还不想介入易晴自己的旅程。

易晴整个人沉浸在自己的心流里。她的视线再度回到画上,不久后抬起眼,声音里混杂着惊讶与惊喜:"这个淡蓝色的珍贵宝石,怎么现在看起来像子宫!"

苏青静默地点着头,脸上的笑意更深了。

"这种被淡蓝色的水温温柔柔地包裹着,既安全又温暖的感觉,是我在妈妈子宫里的感觉!"易晴笑着指指心画中的蓝色水滴,眼中闪着快乐的泪光,"爸爸妈妈是在结婚五年后生下我的,他们满心期待着我的到来。所以,我是在爱与期待中被孕育、诞生、被照顾的!"易晴的脸上带着止不住的笑意,她接着说,"对!我记起来了,妈妈怀我期间,我就是在这样一片既温柔又明亮的淡蓝色的爱里长大的。"像是打开了一个被遗忘许久的记忆,易晴流着泪又带着笑跟苏青说:"我是一个被爸爸妈妈期待的孩子!我是一个因爱而生的孩子!"

在易晴如同春日花开般的笑容里,苏青感受到,这个被遗忘已久的记忆,就像一股暖潮,将易晴包裹。易晴重新回到与妈妈相遇的起点——在那片淡蓝色的子宫海洋里,通过脐带(期待),被妈妈的爱紧密拥抱着。

苏青看着易晴闭上双眼,脸上洋溢着发光般的幸福微笑。她为眼前的这一幕深深感动,因为她知道,闭上眼的易晴正全心全意地感受自己在妈妈子宫里的那份爱、那份温暖,再度在淡蓝色的海洋里，感觉自己被毫无缝隙、完整而全然地拥抱着。那是易晴生命的起点。

睁开双眼，易晴整个脸庞，甚至整个人都仿佛在发光。她说："我真的没有想到，这趟从接触妈妈的死亡而出发的心旅行，最后遇到的却是诞生！这实在太奇妙了！原来，死亡通往的是诞生！"

苏青微笑着，用安静拓出一片宽广的空间。在这片空间里，她陪着易晴一起更深地体验着两极相遇时，那宛如极光般绝美的奇幻光波……

遇见完整新世界

挤过下班时段的车潮,易晴依约来到苏青位于市中心的工作室。一进门,满室淡淡的精油香气和舒缓的音乐让易晴放慢了呼吸。

"开始今天的心画之前,我想先给你看看这个。"易晴递出一张心画,苏青一眼看到心画上的穿着红色长款蓬蓬裙的成熟女人。不过,女人已经有双手了。"昨天晚上我突然觉得,这个女人的手是伸向对面这个男人的,所以我把它完成了!"易晴说。

苏青看着画中的成熟女人伸出双手,握住了对面男人伸向她的双手,说:"这是很美的连接!"苏青语气里流露出惊叹。

"嗯嗯,现在这张画好像终于算是真正完成了!"易晴一脸开心地说。

"我感觉,你已经准备好往下一个阶段探索了。现在,你想要先聊一聊这个连接的意义,还是开始今天的心画?"

"嗯……我想继续画，虽然不知道会画出什么，但是很奇怪，我好像很期待今天的探索！"

"好，那就来吧！"苏青带着易晴往木制大长桌走去。

面对眼前的空白画纸，易晴轻轻吸气，又缓缓地吐气，然后伸手在好几盒不同材质的画笔中挑出一盒彩笔，放在画纸正上方，再慎重地打开来，仿佛是一个仪式似的。

易晴微皱着眉思索了一会儿，抬起头时跟苏青说："我突然想到之前画里女人的胸线。"

苏青朝着易晴点了点头表示理解。

低头回到自己的世界，易晴开始落笔。先是微弯的粉色女人胸线，接着，另一边与之对称的线条落下，然后是右方外扩的第二条曲线，然后是相对称的左边第二条外扩的曲线……

"啊！是阴道口啊！"易晴突然轻声地惊呼。

"阴道口会让你联想到什么？"苏青打破之前的沉默，轻声问了一句。

"联想到'女人'，"易晴尝试抓取自己心中浮现的意象，"还有出生。嗯……是一个生命诞生了吗？或者，是一个女人诞生了吗？我不知道。"

易晴的语气交织着发现与困惑。苏青没接话，只是以安静护住"神圣的结界空间"，让易晴与内在对话。

沉浸在自己世界里的易晴带着困惑继续落笔，微弯的粉色曲线如同涟漪一般，对称地一层一层向外扩散。

"啊！是一颗洋葱！"

笔没有停，粉色曲线继续对称地往外延展扩大着。

"是一颗心！一颗敏锐的洋葱心！"

易晴稍微挺起身子，带着一点距离细细看着纸上先后出现的两个意象——粉色阴道口、粉色洋葱心。

"看着这张心画，你的内心有什么触动吗？"苏青的声音像一泉清透的水，流过易晴的耳朵。

"好像有一些我说不清楚的什么在这里。"易晴的手在胸口的位置比了比，"好像完成了，但也好像还没结束。"侧着头，易晴在困惑中思索着。

"如果还没有完成，你感觉那可能会是什么？"苏青的声音里多了好奇。

易晴原本困惑游移的眼瞳开始停留在洋葱心的上端。"那里似乎有些什么？"才说完，只见易晴的手伸向彩笔盒，在细致的颜色间游移着、感觉着，最后落在仿佛初春新绿的黄绿色彩笔上。

由粉色的洋葱心上端开始，一条弯弯的线条向左上方延伸，直顶画纸的上端，易晴微微勾勒，嫩绿的叶片开始萌发。

笔触流动到右方。"是一条嫩绿的藤蔓！"易晴抬头看着苏青说，"但这条藤蔓向上生长，去了哪里呢？"

"你对上面的那个世界好奇？"苏青拿出另一张空白画纸，"你愿意让好奇带着你继续往前探险吗？"

易晴点了点头，接过画纸，立刻从底端开始落笔，向上画出朝天际生长的藤蔓。

"怎么像是《杰克与魔豆》里向天上长的藤蔓啊！"她惊呼，抬起头，眼睛发亮地看了苏青一眼。苏青安定注视的眼神让她心安，她很快又低下头，继续沉浸在自己的世界里，直到终于完成了心画《彩虹天堂》。在这张画纸的底端，有三条藤蔓往上伸展、生长，其上是一片澄蓝的天空，最上方则是一道美丽的彩虹。

苏青注意到，多次在易晴画中出现的彩虹，这次不再偏移在画纸的边角处，而是高挂在正中央，是横跨整张画纸的完整与美丽的曲线，红、橙、黄、绿、蓝、靛、紫，这七个色彩饱满地存在。

苏青没有出声，安静地看着易晴动手把《洋葱心》和《彩虹天堂》这两张心画上下接起来，然后凝神望着拼起的图像。

"咦，我怎么觉得，下面好像还有一个世界？"这次没等苏青指引，易晴直接伸手拿了一张空白画纸，开始了另一个向未知探索的历程。

只见红褐色的彩笔勾勒出根茎，从画纸顶端细密地向下延伸、扩展。停笔，她看着下方的空白，喃喃自语："这下面究竟是什么呢？"

苏青注意到，和刚刚描绘上方世界时的流动与轻松截然不同，易晴似乎对这个地下世界无比陌生。

易晴没有分神抬头或求助，她像掉进自己的世界似的，继续跟自己的困惑和空白感在一起。她凝视着画纸，过了一段时间，只见她伸出右手游移在各色彩笔之间，依着感觉的指引，拿起蓝绿色的彩笔，从画纸的最底端画出几道线，然后放下笔，用手指轻轻地摩擦线条，让颜色晕染开来。

"原来是一片蓝绿色的湖泊啊！"易晴轻呼，认出了地下世界的最底处，竟然是一片纯净清澈、毫无杂染的水世界。惊讶的表情一闪即逝，她的脸上又浮现出被迷雾笼罩的困惑表情。她的视线落在红褐色根茎和纯净清澈湖泊之间的空白区域。"这里究竟是什么呢？"易晴向左微侧着头，不自觉地皱起了眉。

通过这些细微的动作和表情，苏青再一次感受到，易晴对于这个地下世界如此陌生，但也同时感受到她正努力独自探索。苏青依然静默、不打扰，陪伴易晴待在不知什么时候才会见到雾中微光的等待里。

轻轻地深吸一口气，慢慢地吐气，易晴一点一点沉静地靠近内心的谜团。当混浊的暗影逐渐沉淀，清明的微光逐渐浮现，只见她果决地伸手拿起深褐色彩笔，在纯净湖泊上加上厚重的线条，一笔，一笔，又一笔。

"是腐土！"易晴认出了这个图像。

她的手没有停，在腐土上陆续叠加上一层墨绿色的腐叶、一层咖啡橘色的土壤、散布其间的深摩卡色大小石头、一层蓝色水层，然后向上又是腐叶、泥土层、大小石头、水层……

易晴终于停住了手，注视着心画。

"哎呀！我知道了！原来是这些大大小小的石头，让土里有空间，让空气流动！"说完，她继续向上层叠画，直到接触到先前画出的细密红褐色根茎。

正当苏青以为整张心画已完成的时候，易晴又拿起红褐色彩笔，开始更有力道地强化每一条根茎，让它们有力地向下延伸，穿过泥土、大小石头、腐叶……最终，伸进最底层的那片蓝绿色纯净湖水里。

"这真的太神奇了！"易晴往椅背上一靠，长长地呼出一口气。

"有什么触动到你了吗？"苏青不疾不徐地问。

易晴坐起身，说："原本我以为，地下世界都是黑暗、腐烂、恐怖的，所以我很怕它，很不喜欢它，也一直很不想看它。可是刚刚，在画它的过程中，我突然明白，原来在地下世界里居然有一个天然的'再生'系统！"

"再生系统？"苏青想确认，于是问道。

"对呀！你看这里——"易晴指着画纸跟苏青解说，"一层层的腐叶、泥土、石头、水，不就是一个设计精密的再生循环系统吗？即使上面有脏水流下来，但穿过这一层层的再生循环系统，就会被过滤成干净的水，流进最底层的湖泊里。或者……"仿佛在思索些什么，易晴突然放慢了语速。

"或者？"苏青巧妙地用延伸的探问句推动易晴继续向下

探索。

"或者，这个地下世界的底层原本就是一片纯净的湖水？它也会对这些伸展下来的根茎提供干净的水源？"迟疑地说出这些闪现在心底的话语之后，易晴困惑地抬起头看苏青，"是这样的吗？有可能我的地下世界的最底层原本就是一片纯净的湖水？"

苏青微笑着说："在弗洛伊德的观点里，水的象征意义和子宫有关。你的这片地下湖泊正是孕育你的'子宫'，你原初的'家'，也就是你的生命力！荣格认为，水是潜意识的重要象征，而潜意识正是我们所有创造力的源泉。我感受到，今天的这段心画历程正是你的生命力在带领你，让你开始愿意向地下世界探索，允许根茎向下碰触过往被你认为是恶心、恐怖、脏污的东西，触碰你一再回避的腐叶、腐土、烂泥。你看见，根茎穿过了这些腐层，最终碰触到地下世界的最底层——一片蓝绿纯净的地下湖泊。"

易晴眼睛里闪烁着感动，她伸出手把三张心画由上而下拼接起来，低头注视良久。她喃喃自语地说："原来，这就是我的完整世界！我终于见到它了！"

"这个由三张图组合起来的完整世界真的好丰富，我在想，如果我们慢下来，停留一下，再看看这个完整世界，你还会有什么新的发现吗？"苏青继续推动易晴探索。

"还会有什么新发现？"易晴一边重复着苏青的问句，一边把注意力放回到心画上。她站起身,让视线能够更好地在长形图像上来回梭巡,让自己感受。

"天呀!"易晴惊呼一声,划破了原本的安静。她指了指心画的上下两端,说:"上方世界的澄蓝天空和地下世界的蓝绿色湖泊,它们,互相映照!它们,其实是一样的!"

苏青暗暗压下心中的感动,选择先稳稳地询问,以陪伴易晴往下探索。她说:"这个发现带给你什么样的触动或者新的理解?"

"呼……"易晴长长地吐出了一口气,"原来我一直以为的对立两极,其实不是绝对的相异,就像这片天空和这片湖泊都是美好纯净的力量,它们在不同的位置滋养我、保护我、照顾我。"声音里混杂着开心与哽咽,易晴继续说,"就像这趟心旅行的一开始,我遇到了我的绵羊和猎豹,它们各自有丰富又独特的特质,它们都爱我,都竭尽所能地想帮我。原来,我的两极不是对立的,而是丰富的宝藏啊!"

听着易晴这段珍贵的自我发现,苏青真诚地回应:"你是一个很幸福的主人,拥有绵羊,也拥有猎豹,你拥有天上的蓝天,也拥有地底的泉水。当你真正认出它们、开始欣赏它们、开始愉悦接纳它们,原本遥遥对立的两个点就被你连接成了一个广大的圆。我记得,原本你以为要遇见的是暗影,没想到现在你却遇见了自己本具的光亮!这实在是一段美妙的旅程!谢谢你让我陪你看见这么奇幻又真实的风景。对我来说,这就是每个人心中都自具的美丽极光！因为你看见了，所以我也再一次看见了！"苏青声音里有感动，有真诚，也有真心的快乐。她起身，大大地张开双臂，灿烂的笑容挂在脸上，对易晴说："我可以抱抱你吗？"

易晴脸上挂着一颗颗晶莹的泪珠，起身往前大跨步，迎向苏青的温暖怀抱。

找到自己安然的存在,也找到完整的力量

亲爱的易晴:

和你一起走的心旅程,真是一段珍贵的经历!

陪伴你并且旁观你走过这段历程,让我想起荣格说过的,当精神回来时,它不仅如中世纪的天使报喜意象——代表圣灵的鸽子从天而降,它还如同亢达里尼蛇一般从身体的地下世界往上升。当精神的这两个面向相遇,我们的灵魂或心灵便会诞生。

你在开始这张心画之前,给我看的那张成熟女人的完成图——穿红色长款蓬蓬裙的成熟女人终于可以伸手握住对面男人伸出的双手。我仿佛看到,当你过往压抑的创伤被你自己接触、拥抱、疗愈,原本定格在过往的受伤小女孩被整合进了现在已是成熟女人的你。

在疗愈转化的过程中,这个与深奥阴性智慧连接的成熟女

人，也逐渐有能力伸出双手，开始接纳、连接曾被你推开的内心男性能量，也就是荣格说的阿尼姆斯，于是原本内在分裂的两极开始相遇、连接、整合。

由开始完整的内在自我出发，借由心画从象征阴道的洋葱心中诞生，再借着杰克的魔豆攀爬而上，拥抱完整彩虹的上方世界，又带着勇气随着洋葱心的根茎往地下深入，认出了属于你的地下世界。这三张心画最终拼成了一幅"完整世界"的实相。

你认出了，世界其实不是两极的对立，而是合一的大圆满。

以前，你不愿意靠近任何负面的暗影，你以为那些是你无法承受的黑暗、痛苦和冰冷。你不知道自己其实拥有充满力量的纯净本质——它不只在上方的灵性世界引领你，也在下方的暗狱世界承接你。

其实我曾经也是这样的。我们都在成长中对于某些经历有过错误的解读，然后固执地把两极看成是对立的，接着做出选择一方、厌弃一方的决定。我们让自己一直在两极对立中辛苦地折返跑，结果没有一个地方是归属。我们是失家的孤儿，惶惶然四处流浪，无处安顿自心与自身。

你也许会困惑，你在地下世界看见的设计精密完善的再生循环体系统究竟是怎么存在的，这个力量究竟是怎么拥有的。这些年，无论是我自己向内的心旅行，还是陪伴他人的心旅行，我一次又一次地看见，答案正是你在地下世界的最底层看见的那片纯净蓝绿色的水源。那是我们每个人都自具的生命纯净的本质与力量。

我想起一直很喜欢的一首诗，多年来，它一直是我生命中的美好信念：

半亩方塘一鉴开，天光云影共徘徊。
问渠哪得清如许？为有源头活水来。

你的《彩虹天堂》里的澄蓝天空和《地下世界》里的蓝绿色水源，上下共存，彼此映照，使这个广阔的世界完整。无论是上方还是下方，无论是正向还是负向，我们其实都有力量涵容两端。

我在心旅行的历程里，一次又一次地体验并见证着：越是相距遥远的两个端点，一旦连接、整合起来，就是越大的一个圆！

亲爱的易晴，我们终于不用再疲惫地折返跑了，在新的实相里，我们找到了自己安然的存在，也找到了完整的力量。是的，这是我们的实相——我们不是分裂对立的单点，我们是一个美好的大圆！

深深地拥抱与祝福。

爱你的　苏青

遇见了自己的美人鱼

整座山上，花朵盛开，夹杂着绿草形成一片花海。山上小屋的前庭花园里也种着各种不同的花，黄水仙花期将尽，郁金香正竞相绽放。

苏青坐在门廊前的躺椅上，刚刚整理园艺时用的宽大草帽搁在一旁。微凉的风吹来，带着一股新翻过的泥土清香。满头灰白发的永浩和大黄狗波波散步回来，在庭院的信箱前停了一会儿，然后慢慢走了过来，递给苏青几封书信。

"累坏了吧？我去煮杯你最爱的耶加雪夫咖啡？"永浩既豪爽又温柔地问着。苏青伸手握了握永浩的手，用满眼温柔的笑意表达感谢。拍了拍蜷卧在脚边的大黄狗波波的头，苏青翻了翻手中的信件，抽出一张明信片——日出时分，太阳在群峰间闪耀着光芒。翻过来，一行行字跃入眼帘……

亲爱的苏青：

我和志远、小蝴蝶一起来山上旅行了。昨天天还没亮，我们就摸黑出门，一起等了好久，才看见这个从最深的黑暗里出现的太阳。那一刻，我深深地感动。我想起了你陪我走过的心旅行。是的，最深的黑暗里，有最亮的光！

我想把这个美丽的日出送给你。谢谢你，让我遇见了我的暗影，遇见了我的日出，遇见了我的美人鱼，也遇见了完整圆满的心世界！

我知道旅行尚未结束，前方还有很多未知的风景等着我去经历。我知道那里会有光亮，也会有黑暗。但是我不再害怕。面对等待在前方的未知，我会说：我期待！

愿把最美的祝福都送给你的　易晴

亲爱的易晴：

我还清楚地记得初遇时的你——就如同你的名字"易晴"，容易晴天一样，一直习惯无论如何都必须是正向、明亮、美好的。遇到任何人或事，你都习惯往上方世界走，遇见彩虹、天空、云朵、飞鸟、太阳、月亮、星星……你飘在空中，难以落地。

你以和谐取代愤怒、冲突，以美善取代黑暗，以光遮掩暗。可是，你也并非真正全然地存在于明亮的世界里。因为有一个受伤的、愤怒的、痛苦的、不被你接受的"碎片自我"被遗留在下方的世界里。

对立两极的混乱、疲惫、困惑、痛苦，带领你走上整合的心旅行，走上萨提亚所说的"第三次诞生"，走上荣格口中的"个体化旅程"。就如同你在明信片里跟我分享的这句话：最深的黑暗里，有最亮的光！

在心旅行里，我们重新和受伤、愤怒的碎片自我连接，我们在黑森林里就着微光，一寸一寸地缓步前行，最终，我们得以与完整的图像相遇。

我的心里一直留着一个美丽的图像，那是你最后一张心画展现出的完整世界：下方的蓝绿色世界（地底涌泉）和上方的澄蓝世界（澄蓝天空），一个是以水的形式存在、呈现，一个是以空气的形式存在、呈现。形式不同，但本质相同！一切，无二无别！一如在这趟心旅行里交会的你和我（以及其他人），我们看似单独，同时也共振连接。

多年前，当我出发走上自己的整合之旅时，我曾经疑惑：命中的两极对立，究竟是诅咒，还是祝福？如今，你再度让我见证并且确认：它是祝福！它带领我们走向自身的完整与广阔。

这是值得持续一生的创作，让我们一起继续往前旅行，继续看见不同的风景。我们，路上见！

爱你的　苏青